PORT-SOUDAN

A Port-Soudan, sur la mer Rouge, où il remplit de vagues fonctions de capitaine de port, le narrateur apprend le suicide d'un ami de jeunesse, A.

Ensemble, vingt-cinq ans auparavant, dans le Paris des années 68, ils avaient rêvé d'un monde tout à la fois plus juste, plus aventureux et plus poétique. Après que se furent taries les grandes espérances, l'un, A., devint écrivain, tandis que l'autre choisissait l'exil maritime et africain : deux façons peut-être de refuser le monde tel qu'il est.

Le narrateur décide de retourner en France, afin d'y rechercher les quelques traces qu'y aurait laissées son ami disparu, dont il pressent qu'il est comme une autre facette de lui-même. Il reconstitue la cause de sa déchéance et de sa perte : la fin d'un amour avec une très jeune femme. Au-delà, il croit comprendre que dans cette liaison ce sont deux imaginaires, issus de deux époques, qui, après s'être mutuellement fascinés, ont fini par s'affronter et se détruire. Lentement, face à l'enfer explicite et brutal de Port-Soudan, se dessine l'image d'un autre enfer, moderne, publicitaire, confortable et abrutissant, dont Paris serait l'un des lieux.

Olivier Rolin est né en 1947. Auteur de plusieurs romans, dont Bar des flots noirs *et* L'Invention du monde, *il a également écrit des récits de voyage et fait de nombreux reportages, pour* Le Nouvel Observateur, Libération, *etc. Il est actuellement éditeur.* Port-Soudan *a obtenu le prix Femina en 1994.*

DU MÊME AUTEUR

Phénomène futur
Seuil, « Fiction & Cie », 1983

Athènes
Autrement, 1986

Bar des flots noirs
Seuil, « Fiction & Cie », 1987
et « Points Roman », n° R328

En Russie
Quai Voltaire, 1987

Sept villes
Rivages, 1988

L'Invention du monde
Seuil, « Fiction & Cie », 1993
et « Points », n° P12

en collaboration

La Havane
Quai Voltaire, 1989

Voyage à l'Est
Balland, 1990

Semaines de Suzanne
Éditions de Minuit, 1991

Olivier Rolin

PORT-SOUDAN

ROMAN

Éditions du Seuil

TEXTE INTÉGRAL

ISBN 2-02-028132-5
(ISBN 2-02-022098-9, 1re publication)

Pour Maline

« Port-Soudan est le seul port du Soudan qui puisse recevoir de grands navires, jusqu'à une longueur de 277 m et un tirant d'eau de 11,3 m pour les pétroliers, et de 10,5 m pour les autres navires. [...] De juillet à septembre, des coups de vent violents et imprévisibles, soufflant d'entre le sud-est et l'ouest, peuvent atteindre la force 8 Beaufort. Les coups de vent de secteur sud-ouest, appelés "Haboobs", apportent du sable et de la poussière ; la visibilité est alors réduite à moins de 100 m ; la température peut atteindre 52 °C. Pendant cette période, les navires qui ne sont pas accostés doivent prendre un coffre en rade plutôt que de rester mouillés sur leur ancre. »

Instructions Nautiques, côte ouest de la mer Rouge.
Des Jaza'ir à Ras Kasar.

1

C'est à Port-Soudan que j'appris la mort de A. Les hasards de la poste dans ces pays firent que la nouvelle m'en parvint assez longtemps après que mon ami eut cessé de vivre. Un fonctionnaire déguenillé, défiguré par la lèpre, porteur d'un gros revolver noir dont l'étui était noué à la ceinture par une lanière de fouet en buffle tressé, me remit la lettre vers la fin du jour. Son visage sans lèvres, aux oreilles en crêtes de coq, était un perpétuel ricanement. On eût dit son corps sculpté dans le bois sardonique d'une danse macabre. Comme presque tous ceux qui survivaient dans la ville, son office principal était d'ailleurs le racket et l'assassinat. Comment s'était-il procuré le pli, je l'ignore. Peut-être l'avait-il volé à la Mort elle-même.

J'écris ces lignes en tremblant. Sur le mauvais papier d'un cahier acheté à Khartoum, un jour qu'une bande de la police m'y avait convoqué pour quelque interminable tracasserie alourdie de menaces, les lettres échappent au contrôle de ma main, zigzaguant de part et d'autre du tracé que leur prescrit l'usage. La sueur qui goutte de mon front y sème des taches vitreuses dans lesquelles l'encre s'étoile, se ramifie comme un nerf arraché, puis forme de délicats nuages bleutés. Parviendrai-je à me relire, je ne sais. J'écris ces lignes pour survivre, de quelque façon. J'imagine qu'il n'y a pas d'autre raison pour écrire. Je dis, j'écris cela, et je n'en sais rien : que sait-on ?

Le soleil rouge et tremblant comme ma main baissait sur le grand corps tremblant de l'Afrique. Une brume rayonnante brouillait les toits de tôle et de parpaings, hérissés de réservoirs d'eau, de Port-Soudan. Ces petites tourelles dont le crépuscule ultraviolet découpait les silhouettes noires faisaient ressembler la ville, en cette fin du jour, à un camp romain que la ruine de l'empire eût oublié sur les bords de la mer Rouge, ou à une colonie pénitentiaire cernée de miradors. Je buvais une anisette de contrebande, extrêmement toxique, débarquée d'un des rares cargos grecs qui eussent depuis longtemps passé les brise-lames ensablés du port, sous ma véranda : écrasé d'ennui. Je dois avouer qu'au premier abord cette lettre par laquelle s'achevait quelque chose de ma vie me fut une distraction.

Nous nous étions connus, A. et moi, quelque vingt-cinq ans auparavant. Nous partagions alors de grandes et vagues espérances. L'idée d'un changement du monde s'y mêlait à l'attente d'une vie aventureuse. Je ne mépriserai jamais ce temps-là, ni ne m'associerai à ceux qui en rient. Avec beaucoup de choses graves ou sensibles que nous apprîmes ensuite à connaître, nous ignorions, alors, la peur, la jalousie, la lâcheté. Nous ne croyions pas en Dieu, ni en un diable qui n'eût des avatars ridiculement bourgeois. Nous étions extrêmement audacieux et tendres. Cela suffit bien à ce que nous n'insultions pas notre jeunesse. Puis, il fallut en finir. L'inertie du monde l'emportait, notre force juvénile déjà contre elle s'épuisait, la mystique, comme en d'autres temps, se corrompait en politique, les spectateurs applaudissaient à l'issue devenue évidente du combat. Je crois bien que la dernière fois que je vis A., c'était un jour d'automne. Nous avions bu une bière – lorsqu'on est jeune, c'est ça qu'on boit, des bières – à une buvette du Pont-Cardinet. Le vent plaquait des feuilles mortes, comme des mains sanglantes, dans les flaques noires. Il se peut que nous ayons pleuré. Plus tard, il élut la littérature, moi la navigation. Il nous semblait, je suppose, à l'un comme à l'autre, que ces activités périphériques et hasardeuses ne trahissaient pas complètement la vaste rêverie qui nous avait tenus si longtemps occupés. Nous avions raison. C'étaient de mauvais choix, des métiers sans avenir. On ne s'en relèverait pas.

Après des années passées à transporter de pourrissantes cargaisons au long de la côte d'Afrique, un revers de santé me mit à terre. J'échouai à Port-Soudan, où une succession de hasards me fit d'abord remplir l'office de *harbour master*. Lorsque le port eut pour ainsi dire disparu, comme englouti dans le naufrage général du pays, je cumulai ces fonctions désormais symboliques – et que d'ailleurs me déniaient des bandes de pittoresques assassins, promptes à razzier les bateaux que le hasard ou l'inattention jetaient dans la passe – avec celles, guère plus encombrantes, de consul honoraire de la République malgache. Mon peu de revenus, je le tirais non des taxes que je ne levais plus, ni des salaires dont bien évidemment le souvenir se perdait dans un passé presque fabuleux, mais des divers petits trafics que l'avidité des racketteurs avait abandonnés à ma modeste industrie : un peu d'alcool dans un pays où il était proscrit, quelques créatures faméliques aux yeux d'acajou, à la peau violette et tendue, que j'embarquais sur des barges à mazout et faisais monter sur les bateaux par la hanche opposée au quai, afin qu'un Tartufe sanguinaire ne repérât point le manège, quelques feuilles de khat. Peu de choses au total, mais cela me suffisait. L'existence végétative à quoi ma vie s'était peu à peu restreinte m'avait depuis longtemps épargné l'embarras des besoins. On me tolérait : un autre, peut-être, eût été tenté d'exiger plus.

Tout en ayant toujours beaucoup lu, je n'avais jamais entendu grand-chose à la littérature : du moins est-ce l'idée que je me faisais. Les livres de A., j'en eus quelques-uns, me paraissaient difficiles et fiévreux. Ils m'évoquaient, je ne saurais trop dire pourquoi, ces ciels d'orage qu'on voit barrer l'horizon à la renverse des moussons, comme de grands bois ombreux sillonnés de reflets de cuivre, d'éclairs pourpres et bleus. Je croyais y lire le dégoût et la tristesse que n'avait pas cessé d'éveiller en nous, en fin de compte, la vie en société, une certaine incapacité à nous montrer familiers de ses rites abrutissants, une nostalgie aussi d'un temps qui ouvrît sur de vastes lendemains. Ce qui continuait de nous unir lointainement, mystérieusement, pensais-je parfois, cependant qu'un jet de soleil fusant comme un chalumeau des décombres de la nuit faisait flamber les instruments et cligner les yeux de l'homme de quart, c'était cette ombrageuse indisponibilité qui empêchait notre âge mûr, en dépit de tout, des apparences, d'être complètement le reniement de notre jeunesse. Je ne sais si je le lisais bien, s'il eût aimé que je le lise ainsi. Il ne me semblait pas que les livres, les siens et tous les livres en général, pussent enfermer quelque chose de beaucoup plus grand que ce refus inquiet.

L'auteur de la lettre m'apprenait qu'elle était femme de ménage, travaillant chez A. quelques heures chaque semaine. Elle avait trouvé mon adresse sur une enveloppe, parmi des papiers épars. Comme le pli était ouvert, elle s'était crue autorisée à en prendre connaissance. Il n'y avait rien, qu'une feuille blanche commençant et s'arrêtant à ces mots : « Cher ami ». Ce message interrompu était daté de l'avant-dernier jour de la vie de A. : ce que son laconisme lui ôtait de poids, les circonstances où il avait été projeté puis abandonné le lui restituaient, d'une certaine façon. Votre ami est décédé un lundi, disait ma correspondante. Elle ne disait pas « mort », mais « décédé », comme les gens du peuple et les fonctionnaires des pompes funèbres. Encore écrivait-elle ce mot en trois lettres, d.c.d., comme on voit sur certaines tombes villageoises. Depuis un moment, cela n'allait plus, ajoutait-elle. Sa sollicitude me parut belle et touchante. Je pressentis qu'elle devait avoir pour A. de la sympathie, au moins. Elle me laissait son adresse, c'était rue de la Grange-aux-Belles. Je décidai de rentrer en France pour tenter de reconstituer le message à jamais perdu. La torpeur désœuvrée qui était mon ordinaire m'en laissait le loisir, auquel m'engageait d'ailleurs une sorte de devoir d'amitié. Le hasard faisait qu'un bateau était justement sur le point de quitter Port-Soudan pour Alexandrie, Tripoli et Marseille, je mis mon sac à bord.

2

Cela faisait bien des années que j'avais désappris l'hiver. L'accablant rayonnement du ciel blanc, l'étuve des nuages sous lesquels fumait la mer, parfois de grandes roues de sable crissant venues du désert de Nubie, et dont le tournoiement au-dessus de la ville laissait les chairs aussi racornies que celles de momies : c'étaient là tous mes météores. Par la vitre du train qui remontait la vallée du Rhône, j'observais les tristes apprêts du froid comme un autre eût assisté à une pièce de théâtre. Entre des replis de terre noire, des flaques brillaient comme des monnaies dans les dernières lueurs du jour. Des chemins détrempés, marqués par le piétinement des bêtes, fuyaient vers des lointains hachurés de mauve et de brun. Le ciel au-dessus de ça déchiquetait des vagues grises où volaient des corbeaux. Ailleurs, on voyait des maisons aux murs tachés d'humidité, des néons tremblaient derrière des vitres embuées, des parkings moutonnaient sous des lumières orange. Une pluie mêlée de neige faisait briller les trottoirs comme des tailles d'anthracite, éclatait en gerbes de perles autour des lampadaires.

La femme de ménage était une personne au visage usé et doux comme un vieux savon. Elle parlait lentement, longuement, cherchant ses mots non par difficulté à s'exprimer mais, semblait-il, par souci d'exactitude. Ses distractions étaient un téléviseur et un chat. A mon arrivée, elle éteignit l'un et congédia l'autre dans les escaliers : courtoisie dont je lui fus reconnaissant. Elle ne paraissait pas plus surprise de voir un inconnu débarquer de Port-Soudan que s'il se fût agi d'un voisin de palier en visite. Elle s'enquit un peu, plus par politesse que par réel intérêt, des agréments et curiosités de l'endroit de la terre où j'habitais. Comme je lui répondais qu'à vrai dire il n'y en avait aucun, elle n'insista pas. Elle eut cette remarque un peu étrange : Cela ne m'étonne pas. Elle me servit un verre de vin, puis commença, sans que je la questionne, à parler. Il semblait qu'elle eût attendu depuis longtemps de pouvoir faire ce legs de paroles.

D'elle, la femme de ménage n'avait rien connu, que ses vêtements, et ses objets. Son nom, son visage, son âge, elle les ignorait. Tout au plus pouvait-elle déduire de certains indices que c'était une très jeune femme. Ses tennis, par exemple, des quantités de tennis blanches alignées sous la bibliothèque : une femme qui ne fût pas très jeune ne les eût pas portées, à son avis. Elle l'imaginait marchant le long du trottoir en faisant attention à ne pas poser le pied sur la jointure d'une dalle. Légère, rêveuse, accaparée tout entière par ce jeu enfantin. Ou bien alors, l'été, courant sur le sable souple et dur d'une plage, là où la marée basse a sculpté d'immobiles vaguelettes, franchissant d'un bond, cheveux flottants, les ruisseaux scintillants que fait l'eau en se retirant. Prenant garde à ne pas se mouiller. Puis s'arrêtant soudain, s'absorbant, mains dans le dos, yeux fixés au sol, dans la recherche de ces légères écailles de nacre qu'irise le soleil du soir, de ces menus coquillages couleur de citron ou d'abricot et dont la brisure laisse voir une spirale parfaite, comme l'escalier d'une tour où habiteraient des fées. Ou bien encore elle la voyait, prenant appui sur la pointe d'un pied, l'autre jambe obliquement tendue, tourner vivement sur elle-même, s'amusant à dessiner des cercles parfaits sur le sable. Sa jupe, alors, une ample jupe à carreaux noirs et blancs, volait autour de ses hanches. Et ces choses devaient arriver, m'assurait-elle, à l'heure où la lumière rasante allongeait infiniment les ombres – le soleil touchant presque l'horizon, sous un dais de nuages pourpres. Peut-être des chevaux galopaient-ils le long de la mince bande des brisants : et alors, on entendait le tambour de leurs sabots faisant sauter des flèches d'écume, et le renâclement de leurs naseaux, et le lent lapement de la marée, et les cris des cavaliers s'éloignant vers la ligne sombre des falaises. A ces moments-là, pensait-elle (s'ils avaient bien eu lieu), A. avait dû être pleinement heureux. Ils iraient ensuite, main dans la main, dîner dans un hôtel dans la salle à manger duquel les derniers feux du couchant, derrière les îles, feraient rosir les nappes.

A Port-Soudan, le crépuscule obéissait à un rituel immuable. Un bref instant les toits, les ombrelles légères des arbres, les rinceaux des palmes, comme portés à incandescence par la chaleur accumulée du jour, laissaient fuser des flammes où dansaient les couleurs les plus violentes d'oxydes et de sulfures. Ce paroxysme semblait rendre fous les charognards dont les patientes orbes soudain se précipitaient, se mêlaient, se heurtaient. Des grappes d'oiseaux clabaudeurs roulaient dans le ciel, des tourbillons de plumes ensanglantées tombaient lentement sur la ville comme un voile de suie. Une semblable fureur jetait l'un contre l'autre les animaux scrofuleux, infâmes hybrides de chiens et de hyènes, qui erraient le long du rivage à la recherche de viscères de poissons – et quelquefois des longs boyaux puants, cardés sur les pierres, d'un noyé. On les voyait refermer leurs crocs sur la gorge, sur les reins d'un adversaire qu'ils n'abandonnaient que mort, ou paralysé : yeux blancs, révulsés. Et aussitôt ils le dévoraient. La nuit s'écroulait d'un coup, comme une vague énorme déferlant depuis les côtes de l'Arabie, tout glissait soudain dans l'empire de l'obscur où les brasiers mettaient des battements d'ailes rouges et les lampes à kérosène des halos blancs étoilés de moustiques.

Le noir et le blanc étaient ses couleurs. Tennis blanches, bottines noires, jeans et vestes noirs, chemisiers et tee-shirts blancs : pas d'autres vêtements. Si, la jupe à carreaux. C'était une femme demi-deuil. Elle devait avoir, à son avis, le teint pâle, se maquiller peu. Cela laissait présager, d'après la femme de ménage, un naturel réservé et grave, plus enclin à la rêverie qu'à la parole. Elle l'imaginait profondément engloutie en elle-même, amarrée à un nœud secret dont elle eût été incapable de défaire et même de décrire la figure compliquée. Comme une sorte d'ancre plantée dans quelque vase intérieure, et qui l'eût douloureusement retenue en elle (elle ne le disait pas, bien sûr, en ces termes-là exactement : son origine espagnole lui faisait utiliser le beau mot d'*ensimismada*, qui est une adjectivation d'« en soi-même »). C'est ainsi qu'elle la voyait, idole cireuse, silencieuse et farouche, en proie à des peurs qu'elle n'aurait su désigner, mais que peut-être elle avait appris à ménager et même à cultiver comme la partie la plus indubitable d'elle-même. Mais aussi bien, peut-être se trompait-elle, et était-ce une petite dinde futile et cruelle. Cela, aussi, se pouvait.

En tout cas, le jour où il avait croisé son regard, A. avait vu sa mort dans les yeux. Et peut-être l'avait-il su, et en avait-il éprouvé une joie paradoxale : celle que ressentaient en d'autres temps un hussard chargeant vers la ligne claire des sabres ennemis, ou bien l'homme qui sortait de chez lui à l'heure où blanchit la campagne, ses deux pistolets serrés dans une petite sacoche, et marchait à travers les écharpes de brume vers un duel dont il risquait de ne revenir qu'allongé sur une civière, le visage caché sous un pan de son manteau. Une belle mort, monsieur, sans doute, me dit-elle. Enfin, je l'espère pour lui. Et, après un petit soupir : Je crois qu'il la méritait : sans qu'on comprît si ce dont il était digne, c'était d'une belle fin, ou bien de cette femme, ou bien si les deux termes en étaient venus à coïncider dans son esprit comme peut-être ils avaient coïncidé dans l'épuisement de la vie.

Ce qu'il y avait de surprenant encore, qu'on n'aurait pas remarqué au premier abord, à quoi un étranger à la maison n'eût sans doute pas pris garde, c'est que ses affaires à elle semblaient apprêtées à tout moment pour le départ, ou bien disposées comme si elle venait de revenir de voyage. Aucun tiroir presque n'était rempli, bien qu'il y en eût des vides à sa disposition, ses habits étaient pliés sur une table, ou bien pendus à des cintres accrochés ici et là, en général aux rayons de la bibliothèque sous laquelle aussi s'alignaient ses tennis et ses bottines. Au reste, et mis à part les flacons, pots et tubes de produits de beauté rangés, mais en petit nombre, sur la tablette de la salle de bains, on ne voyait guère d'objet qui parût lui être personnel. C'était comme si son installation chez A. eût obéi à une impulsion qu'elle se fût aussitôt reprochée, qu'elle eût sans cesse remise en cause. Bien plutôt que d'habiter là, encore moins d'y vivre, elle semblait y avoir établi un campement provisoire – comme un nomade auprès d'une aiguade qui, sitôt tarie, sera abandonnée sans retour.

Et il n'y avait pas dans cette précarité, à son avis à elle, la femme de ménage, la marque d'une disposition fantasque au mouvement, d'une invitation joyeuse à l'alacrité : bien au contraire, elle avait maintes fois été surprise de constater que A. parti – ce qu'attestait la disparition d'une valise, de vêtements, d'affaires de toilette, etc. – ses effets à elle demeuraient dans l'appartement déserté, mais toujours dans la même réserve, distance, et comme méfiance vis-à-vis de ceux qui l'entouraient. A. s'éloignait souvent, m'apprit-elle : notamment pour écrire. Et il semblait alors plus que jamais que ce fût comme si elle habitait craintivement, respectueusement la demeure d'un mort : ne touchant à rien, n'occupant pas la place laissée vide, comme si tout eût été revêtu de ces housses qu'on voit sur les meubles dans les maisons que la vie a abandonnées à la poussière. Oui, me disait elle, c'était comme si A. fût pour elle un mort – un mort terrible, ou impressionnant, ou bien un mort qu'on chérit, sans quoi on ne fût pas restée à ses côtés : un être, en tout cas, de l'au-delà d'elle-même (car il se pouvait que dans le lien étrange qui les unissait ce fût elle la morte et lui le vif : et alors, elle eût vécu là comme un fantôme que l'amour ranime un moment, puis que fait s'évanouir le chant du coq). C'était, à son avis, une telle folie que manifestait cette disposition figée à un voyage définitif dont chacun de ses effets était comme un signe. Mais elle pouvait aussi bien se tromper, peut-être était-ce juste une petite bourgeoise qui avait eu le béguin pour A. tout en sachant pertinemment qu'elle ne partagerait jamais sa vie, que ça ne serait qu'une passade, une expérience, qu'il lui faudrait trouver quelque chose de plus confortable pour élever ses enfants, un type genre canapé convertible. Tandis qu'un artiste, vous pensez! On n'en savait rien, on ne pouvait plus le savoir.

3

Les navires – de plus en plus rares, je l'ai dit – qui faisaient relâche à Port-Soudan manœuvraient de la manière suivante : faisant route au deux cent trente-quatre jusqu'à relever au nord-ouest le phare sud de Wingate Reef, ils venaient alors à l'ouest, courant sur l'erre, machines stoppées. Autrefois, dans les temps impériaux qui m'avaient précédé, et même encore à l'époque où j'exerçais réellement ma charge de *harbour master*, on déroulait une échelle à flanc de coque et un pilote, qu'avait amené jusque là un bouchonnant petit boutre, embarquait pour diriger la phase finale des manœuvres d'entrée de port et de mise à quai. A vrai dire, il n'était pas rare qu'il fût plus qu'à demi ivre d'eau-de-vie ou de khat et que le commandant, après lui avoir prodigué force salutations et marques de respect dans un style fleuri lointainement issu des *Mille et une nuits*, le fît boucler dans une cabine avec une bonne rasade de whisky, cependant qu'on remettait les machines en avant lente. Ces fonctionnaires ne voyaient nullement d'un mauvais œil que leur autorité fût ainsi bafouée, surtout si quelques dollars s'ajoutaient à la dose de gnole. On ne déplorait pas plus d'échouements à Port-Soudan qu'ailleurs, et chacun était content. Cette époque-là (qu'il serait tout de même très exagéré de dire bénie) était révolue depuis longtemps. Dorénavant les navires mouillaient à l'intérieur du récif de corail, un peu au-delà de la ligne où la couleur de la mer, d'améthyste devenant vieille feuille de bananier, indiquait une brutale remontée des fonds. En place d'une échelle, on descendait une coupée le long de la muraille.

Ce n'était pas que les pilotes fussent devenus impotents (encore qu'à nombre d'entre eux, en effet, il manquât un bras ou une jambe : mais ça ne les empêchait nullement d'être agiles à l'occasion) : seulement, ils venaient se faire payer en nature, laquelle consistait en jeunes filles razziées ou achetées à vil prix à Ceylan, aux Philippines, à Kalimantan et autres lieux, jetées à fond de cale, fers aux pieds, et qui, après avoir servi au divertissement des matelots durant la traversée, étaient livrées, comme droit de port en somme, aux sinistres « autorités » qui mettaient la ville en coupe réglée. Elles étaient transbordées du bateau dans un boutre, enfermées dans des sacs de jute estampillés « paddy » ou « coffee », que leurs nouveaux maîtres se donnaient rarement la peine d'ouvrir : moins regardants en cela sur la qualité de la marchandise que les acheteurs d'esclaves d'autrefois, que les contes persans nous montrent liquidant tout leur fonds de brocarts, leurs barils de perles et leurs orfèvreries damasquinées pour s'assurer la possession d'un œil de gazelle, de dents de nacre fulgurant dans l'ovale de terre cuite d'un visage. Il est vrai que ce n'était pas uniquement à un asservissement sexuel que ces malheureuses étaient vouées, mais beaucoup plus généralement à une vie de bête de somme, laquelle inclut le risque de la bougrerie. Tête-de-Lèpre, le facteur infernal qui m'avait remis la lettre m'apprenant la mort de A., faisait partie de ces rufians.

J'étais, naturellement, au courant de ce trafic. L'extrême léthargie dans laquelle j'étais tombé, le scepticisme qui me rongeait plus sûrement que la malaria ne m'empêchaient pas d'y trouver à redire. Je maquereautais bien un peu moi-même, je l'ai dit, mais il n'y avait rien là que de très traditionnel : les filles montaient à bord librement, si le mot a un sens, elles en redescendaient de même, je ne faisais pas commerce de bétail humain. J'avais donc cru bon d'aviser de ces pratiques un jeune médecin que la défense, du moins le croyais-je, de je ne sais quelle cause humanitaire avait contraint à une escale sur ces rivages désolés, puis un haut fonctionnaire d'une organisation internationale que la malencontreuse défaillance d'un des réacteurs de son jet avait réduit à la même extrémité. Un naïf orgueil emplissait l'impeccable jeune médecin, tout de kaki vêtu comme il convenait au batteur de brousse qu'il s'imaginait être, à la pensée constante qu'il commandait à un escadron de véhicules 4×4, et même à un petit avion monomoteur avec lequel il communiquait par radio. Cette satisfaction qui faisait reluire son visage n'avait pas absolument que du ridicule : en certaines circonstances, elle devait l'incliner à des gestes inopinés de courage qui faisaient en quelque sorte partie de sa panoplie, comme la barbe de deux jours, le chèche blanc noué autour du cou et les lunettes solarisées, et que, gastro-entérologue à Troyes, mettons, il n'eût même pas imaginés.

Ma démarche, cependant, l'importunait : elle ne cadrait pas avec ses plans de campagne, lesquels semblaient aussi strictement arrêtés que le plan de production d'un kombinat soviétique. L'opinion, m'apprit-il, était maîtresse en toutes choses. On n'agissait que lorsqu'elle en manifestait la volonté de façon inarticulée mais insistante, à la façon des bébés dont les vagissements répétés annoncent qu'ils veulent aller sur le pot. Il fallait donc d'abord *sensibiliser* l'opinion. De là où j'étais, dans la situation où je me trouvais, je lui fis observer que cela me paraissait quelque peu au-dessus de mes moyens. Il voulut bien me laisser le numéro de téléphone du correspondant de l'AFP au Caire, que je connaissais naturellement de longue date, et nous en restâmes là. Quant au haut fonctionnaire international, qu'avait guidé jusqu'à moi ma réputation de souteneur occasionnel, ce fut pis encore : il me remontra sèchement que les autorités d'un pays souverain, et quoi qu'on en pensât par ailleurs, agissaient souverainement, que quelque relent de néo-colonialisme, pour un nez exercé comme le sien, se laissait flairer dans mes dénonciations, et qu'enfin ma position eût dû m'entraîner à plus de circonspection à cet égard. J'en fus réduit à ne pas lui fournir de fille, à lui conseiller de s'en faire livrer un ou deux sacs, ou trois, s'il en avait le cœur, et enfin nous nous quittâmes fâchés.

L'opinion… Les sonorités mêmes du mot entraînaient des évocations déplaisantes, de l'eau tiède, des senteurs d'oignon, du pignon sur rue… quelque chose de fade et de bourgeois. Lorsque j'avais quitté la France, il y avait une vingtaine d'années, il n'existait pas d'« opinion », on avait des jugements – à l'emporte-pièce, souvent, mais c'étaient, il me semble, des actes qui engageaient l'esprit, et souvent le corps avec. On se référait, pour vouloir ceci et rejeter cela, à une philosophie, à défaut à une tradition, qui en était comme la figure érodée. On ne baignait pas dans l'espèce de placenta majoritaire que je voyais nourrir une multitude molle, une immense gélatine de fœtus intellectuels. On tirait force et fierté d'être minoritaires, de marcher derrière les drapeaux des grands réprouvés. La solitude n'était pas une honte. Des mots comme audace ou courage nous paraissaient beaux, nous faisions nôtre, témérairement, la devise selon laquelle il n'est pas nécessaire d'espérer pour entreprendre, ni de réussir pour persévérer. Cela ne nous gardait pas toujours du ridicule, mais nous épargnait au moins le conformisme. Et je ne parle pas seulement de notre génération, celle de A. et la mienne : nos pères aussi, les hommes qu'ils admiraient avaient été des isolés, des bannis. Ça n'était pas l'opinion, qu'on sache, qui avait rétabli l'honneur du capitaine Dreyfus, ni vaille que vaille de la France en 1940. De là aussi qu'il y avait alors de la politique, de la critique, de la polémique, de la littérature : toutes choses qui sont des combats. Au lieu que mes yeux, mes oreilles qu'un exil prolongé avait rendus naïfs, n'étaient plus frappés que par des platitudes de pourcentages et de gestion – des affaires, de l'économie, de carrière, de texte, des sentiments. On s'en remettait des questions les plus graves, les plus civiques – la peine de mort, la survie ou l'anéantissement d'un peuple –, non à l'arbitrage des idées, ni même aux prestiges de l'éloquence, mais aux fluctuations de sinusoïdes projetées par des machines. Je ne reconnaissais plus, dans ce pays où l'on prétendait désormais trancher des causes humaines par le moyen de statistiques s'engendrant l'une l'autre, où la vie et la mort, le bien et le mal, l'honneur et l'infamie se calculaient en parts de marché, la nation qu'on avait pu dire, en d'autres temps, grande, et où en tout cas l'esprit n'avait pas remis tous ses pouvoirs aux caisses enregistreuses des commerçants.

Le jugement porte en lui un élément de détermination dramatique : et il n'est rien que l'opinion haïsse tant que le drame. Ce dont se pique furieusement sa frivolité, en revanche, c'est du jeu. Désormais on jouait sans trêve, à tout, avec frénésie. Non seulement aux courses, à la Bourse, aux pronostics sportifs, aux innombrables variantes de loteries et de lotos cultivant chez les esprits simples l'espérance de richesses soudaines, mais à la simulation des sentiments, de l'amour, de la guerre même. Les enfants devenaient épileptiques à force de s'obnubiler les yeux de jongleries électroniques. Les adultes, grands esclaves puérils et bien nourris, jouaient devant leur télévision ou leur ordinateur. Ces momeries trouvaient leur légitimation philosophique, si le mot convient, dans la croyance que le monde n'était pas autre chose qu'un vaste jeu de hasard où l'emportaient les chanceux, les bluffeurs et les tricheurs. Dois-je l'avouer ? Sans doute étais-je devenu, à mon insu, africain : les cruautés patentes de Port-Soudan me semblaient avoir quelque chose de loyal comparées aux trafics de cette énorme machine molle affairée à l'extinction de la pensée.

Dans quelle mesure la lassitude, le dégoût suscités par cette dégradation irrésistible de l'esprit public avaient-ils eu leur part dans la décision de A., je l'ignorais. Mais je ne pouvais pas imaginer qu'il y eût été indifférent. Je supposais d'ailleurs que la littérature était emportée dans cet affaissement général, et qu'il devait en souffrir. Mais je sentais aussi – ou alors, il eût bien changé – que son intérêt ne devait pas se borner à la défense des lettres, que par exemple la complaisance manifestée par son pays pour tel tyranneau dont la soldatesque ivre d'eau-de-vie avait licence de déchiqueter sous les obus, à longueur d'année, des cités pacifiques, pour tel autre dont les sbires venaient jusqu'en plein Paris assassiner des opposants exilés, devait travailler à détisser continûment en lui la trame historique de l'individu. Et ce que j'appelle ainsi, c'est ce qui fait qu'on se sent appartenir à une époque, noué à elle par mille nœuds subtils d'intelligence et de mémoire, puisant et déployant en elle sa force, ou bien au contraire exilé en son milieu comme en un désert, pathétique don Quichotte qu'agite en vain la croyance en des choses révolues.

Ce que j'ignorais plus encore, c'était le rôle qu'elle avait pu jouer, elle, dans ce désenchantement présumé. J'en étais réduit, en la matière, à des hypothèses de romancier : mais, après tout, c'est à quoi m'autorisait la page blanche à moi adressée et sur laquelle, traçant seulement les mots de « Cher ami », A. paraissait m'inviter à reconstituer, si je le pouvais, une histoire disparue, qu'il n'avait pas eu en fin de compte le temps ou le cœur de me léguer – si, même, la force ne lui avait pas manqué de la penser. La gravité que la femme de ménage, romançant elle-même à partir de quelques traces, prêtait à celle qui avait été sa compagne, la distance qu'elle imaginait entre elle et le monde, le retrait énigmatique dans lequel elle la supposait enfermée semblaient faire d'elle une alliée dans la solitude sociale – une main fragile, habituée à tâtonner dans l'effroi de la nuit, et qui se met dans la vôtre lorsque le chemin s'emplit d'ombre. Mais si tel était bien le cas, c'est elle aussi qui détenait le pouvoir de donner le coup de grâce : si par exemple, abritant en son sein, comme la plupart, deux figures antagonistes (je me souvenais que chez mon ami une inclination à la débauche luttait sans cesse contre une aspiration ascétique), c'était soudain une jeune femme légère et désireuse d'oublier sa propre part obscure, avide de lumières et de bruit, plus portée au conformisme qu'à l'aventure, éprise même de certaines vulgarités de parvenue, qui se fût comme éveillée d'un rêve, marchant à côté de la grande carcasse tragi-comique de A. sur la route nocturne, vers on ne savait où : et qui eût alors pris la fuite, le laissant plus abandonné qu'un arbre mort.

A ceux qui s'étonneraient que je passe ainsi de mobiles élevés à de petites causes, de la marche de l'histoire aux événements de la vie intime, je répondrai qu'ils connaissent mal les hommes. Les mouvements du monde, les guerres, les révolutions, nous les voyons à travers le prisme de nos passions, qui en sont en retour modifiées. Et s'il n'est pas de plus haut bonheur que dans la coïncidence d'un amour et d'une grande espérance humaine, il n'est probablement de pire malheur que lorsque l'abandon vient tout vous ôter, de ce qui l'instant d'avant était encore le plus charnellement proche de vous, jusqu'aux vastes horizons que la pensée croyait embrasser.

4

Du jour où ses affaires disparurent, me dit la femme de ménage, la ruine fit son entrée dans la maison. Elles ne disparurent pas d'un coup, mais assez vite tout de même, et selon un ordre, comme le repli concerté d'une armée. Un jour, il n'y eut plus de vêtements accrochés aux étagères ou posés sur les tables, plus de jeans et de vestes noirs, de tee-shirts blancs, de tennis sous la bibliothèque. Pendant un mois peut-être il y eut encore, sur la tablette de la salle de bains, une trousse noire contenant des produits de beauté. Puis, un autre jour, on ne la vit plus, ni presque aussitôt après les quelques très rares objets personnels qu'elle gardait là, un éventail en plumes de paon, quelques boîtes en nacre ou en écaille, un bracelet en ébène serti d'argent, une petite valise en osier : et qui devaient d'ailleurs être, selon la femme de ménage, des cadeaux ramenés par A. de ses voyages plutôt que des souvenirs auxquels elle fût attachée par une histoire antérieure à leur rencontre. Un jour, il n'y eut plus rien. Le camp avait été levé.

De ce jour, me dit la femme de ménage, la ruine fit son entrée dans la maison. C'était comme si chaque chose eût dérivé imperceptiblement hors du lieu et de la figure qui lui étaient assignés, comme si chaque chose fût devenue légèrement déviante et difforme. Une odeur âcre de tabac envahit et imprégna même les pièces dont jusqu'alors elle respectait le seuil, la salle de bains, la chambre à coucher. On trouvait partout des paquets de cigarettes vides, écrasés dans le poing serré : volumes aberrants, géométries froissées couvertes de papier scintillant. Grosses pépites de nerfs arrachés. Il y en avait de toutes marques alors que, depuis plusieurs années qu'elle travaillait chez lui, A. avait coutume de ne fumer que des Chesterfield light : et cela prouvait, selon la femme de ménage, le dérèglement soudain, la prolifération monstrueuse de ce qui auparavant n'avait été qu'un vice qu'elle réprouvait, certes, mais qui demeurait tolérable. Un autre signe sûr en était le nombre de cigarettes qu'on retrouvait à peine fumées, éteintes en général sous l'eau d'un robinet : ces espèces de dégoûtants étrons tabagiques qui répandaient un jus brunâtre sur les soucoupes, les cendriers, ou le bord de l'évier où A., ne prenant même pas la peine de les jeter à la poubelle, les avait abandonnés, attestaient les haut-le-cœur qui devaient révulser sa gorge passé, mettons, la cinquantième. De fines écailles de cendre se déposaient partout et ces copeaux argentés de papier brûlé étaient si envahissants à la fin, me dit-elle, qu'on eût dit qu'on avait fait un grand feu de livres – quand c'était lui qui ainsi se consumait.

Le lit qu'elle avait déserté, A., tant qu'il vécut – et ce fut près de six mois –, n'en changea plus jamais les draps. On ne savait s'il fallait attribuer cette négligence à quelque bizarre fétichisme qui eût prétendu retenir et aimer par-delà l'absence, sur ce qui fût devenu le dérisoire catafalque d'un amour défunt, l'empreinte d'un corps longtemps adoré, ou seulement au désintérêt subit pour toutes choses qui se manifestait aussi, par exemple, dans le fait que les ampoules, au fur et à mesure qu'elles grillaient, n'étaient pas remplacées, si bien que l'ombre, de semaine en semaine, s'emparait dans la maison de nouveaux territoires – jusqu'à ce qu'à la fin il ne subsistât plus que quelques faibles lumières dans l'obscurité (la façon qu'elle avait d'en parler me fit songer au lent engloutissement des feux de la terre lorsque le bateau s'éloigne d'un rivage nocturne : sorte de drame très lent et doux dont je ne m'étais jamais lassé, au fil des années passées à naviguer, et qui demeurait associé dans mon esprit à une suite pour violoncelle de Bach). A la longue, le coton des draps avait pris une texture pelucheuse, leur couleur avait fané, des cheveux – dont, sans doute, encore quelques-uns des siens – s'y étaient profondément incrustés, comme incorporés à la trame, et enfin, avec l'odeur qui en émanait, entre le fade et l'aigre, on eût dit, me dit la femme de ménage, de vieilles serpillières : je me souvins du sens ancien de ce mot, qui désignait le linceul.

Il semblait que même l'acte élémentaire de jeter eût désormais outrepassé ses forces. Ainsi, on retrouvait partout des tablettes de médicaments dont les alvéoles de plastique vides, les opercules de papier d'argent crevés, luisaient dans la pénombre avec les espèces de gros cabochons des paquets de cigarettes écrabouillés. Des feuilles de papier chiffonnées, roulées en boule, traînaient çà et là. La femme de ménage m'avoua en rougissant que sa discrétion avait été plus d'une fois prise en défaut, que, mue par l'inquiétude et la compassion, m'assurait-elle, plus que par la curiosité, il lui était arrivé de défroisser et déchiffrer ces pages raturées, à la graphie souvent tremblante (alors que, n'ayant d'ailleurs jamais rien lu de lui, une des choses qu'elle admirait chez A., comme s'il se fût agi d'un mandarin de l'ancienne Chine, était la fermeté nerveuse de son écriture) : il s'agissait invariablement de brouillons de lettres qu'il lui adressait, dans lesquelles il l'adjurait de faire réflexion sur ce qu'elle était en train d'accomplir d'irréparable. Il semblait qu'il n'eût jamais obtenu de réponse, car, le temps passant, il s'étonnait de plus en plus d'un silence incompréhensible et qui ajoutait l'outrage au chagrin.

Si on ne jetait plus rien, on n'achetait plus rien non plus. Quelque temps, il y eut encore du café dans le frigidaire, puis ce fut fini. Le savon, quand il y en avait, c'étaient de petites plaquettes ramenées d'un séjour à l'hôtel. Mais le plus surprenant était la disparition complète des journaux, dont A. était autrefois un furieux lecteur, et qui s'entassaient dans l'entrée en piles toujours croulantes, jaunissantes, renouvelées presque aussitôt qu'évacuées. C'était comme si le tumulte du monde eût cessé de le concerner, comme si l'excès de cette douleur que les physiologistes nomment « exquise » eût tué en lui toute autre faculté de souffrir ou de s'indigner (qui auparavant, me confirma-t-elle, et pour ce qu'elle en comprenait, lui était généreusement distribuée), ou même de s'intéresser à quoi que ce fût. Un jour, me dit-elle, une des très rares fois où elle avait aperçu A. durant cette période (en général, il s'arrangeait pour être absent lorsqu'elle venait, afin de ne pas la déranger ni en être gêné), elle s'était étonnée auprès de lui de ce bouleversement de ses habitudes. Il ne s'était manifestement pas rasé depuis plusieurs jours, et semblait quelque peu hébété. Il l'avait regardée d'un drôle d'air et lui avait répondu, souriant presque, mais d'un sourire atroce, disloqué, par une phrase où elle se souvenait (cela l'avait horrifiée) qu'il était question d'épingle dans l'œil. « Celui qui a une épingle dans l'œil, dis-je, l'avenir de la marine anglaise ne l'intéresse plus. » C'est cela même, monsieur, me dit-elle, c'est donc une phrase connue ? Sa question, si c'en était bien une, était formulée sur un ton si peu interrogatif que je me contentai de hausser vaguement les épaules.

Il y avait tout de même, à parler franchement, une chose dont A. se réapprovisionnait régulièrement, c'était les bouteilles de whisky. Deux, trois par semaine, souvent plus, dont les cadavres étaient alignés, en rangs serrés, le long du treillage séparant la cuisine de l'entrée, comme pour un tir de fête foraine. On eût dit que toute la maniaquerie de mon ami – car c'était, m'apprit-elle sans que cela me surprît vraiment, beaucoup de grands anxieux étant ainsi, un obsédé de l'ordre – se fût reportée sur le rangement, l'alignement de ces bouteilles par lesquelles le désordre ne cessait de couler dans ses veines, saccageant son esprit et ravinant son corps. C'était, me dit-elle, comme s'il construisait quelque chose, une maison ou une tombe de verre mordoré, prenant bien soin de jointoyer chaque élément. Quant tout partait à vau-l'eau – les lettres, par exemple, autrefois strictement classées et empilées, et qui désormais traînaient n'importe où, la plupart du temps non décachetées –, il n'y avait, paradoxalement, que ce rempart à travers quoi la lumière jouait comme dans un vitrail pour témoigner d'un sens perdu de la rectitude et de la mesure.

On voyait, dit-elle encore, des traces de sang sur les murs. Il devait se blesser en les martelant de ses poings.

La femme de ménage n'avait pas été étonnée outre mesure lorsque, venant travailler comme elle le faisait tous les mercredis, depuis des années, elle avait trouvé des scellés sur la porte. Pas vraiment surprise, mais peinée, ça oui. Plus tard, l'appartement devant être reloué, on lui avait demandé de venir faire un grand nettoyage, et c'est alors qu'elle avait découvert la lettre, vierge de toute indication autre que celle d'une amitié ancienne, qui m'avait fait revenir des rivages de la mer Rouge dans un Paris devenu étranger, et que glaçait la fin de l'hiver.

5

J'ai dit, je crois, qu'on ne s'échouait pas plus à Port-Soudan qu'ailleurs. C'était façon de parler, et pas très exacte, car à la vérité le récif de corail alentour était hérissé d'épaves. On n'en comptait pas moins de deux sur North Towartit Reef, que les Français nomment Silayet, trois dans le voisinage du phare d'entrée, une sur Protector Reef, un peu plus au sud, sans parler de l'*Umbria*, dont la coque bourrée d'explosifs affleurait, bossoirs au ras de l'eau, à un mille dans le nord-nord-est du phare sud de Wingate Reef. Ces monuments rongés de rouille, que la mer, en s'y fracassant, environnait d'arcs-en-ciel, semblaient dessiner une ligne de forts très anciens protégeant les atterrages d'une ville morte.

J'ai toujours aimé les épaves, elles sont mes vanités. Je fréquentais aussi souvent que je le pouvais celles qui montaient la garde devant les toits, les silos, les grues, les pylônes de TSF de Port-Soudan estompés dans les lointains où l'air flambait. La houle, emplissant puis vidant ces châteaux de tôle, faisait une musique étrange et barbare, composée de râles, de sifflements, de borborygmes, de bruits de succion rythmés par des chocs sourds. Des murènes nageaient souplement dans l'eau claire, déroulant en longs fouets tachetés leurs anneaux visqueux qu'elles lovaient bientôt au creux d'une machinerie, dardant vers la surface leur sorte de bec hérissé de lames de rasoir.

J'avais assisté un jour à un spectacle répugnant : quelques féroces imbéciles que je savais être à la solde de Nimour, l'un des forbans du port, avaient jeté à la portée de ces monstres un jeune chien : dès que le premier eut attaqué, le premier sang coulé, ce ne fut plus qu'un grouillement de ces serpents marbrés, acharnés autant à s'entre-dévorer qu'à tailler en pièces leur proie. J'ai vu assez de choses dans ma vie, et pas des plus belles : mais je n'oublierai jamais les hurlements de l'animal dépecé vif, les furieux remous de l'eau, les gloussements de rire des brutes, l'écho de ces bruits répercuté dans la grande nef de ferraille éventrée, je n'oublierai jamais ce nœud carnassier convulsé dans l'écume pourpre, nouant les chairs déchiqueteuses aux chairs déchiquetées, car c'était le visage de la Gorgone.

D'habitude, pourtant, c'était une sorte de paix que je trouvais dans ces ruines. J'y allais souvent en compagnie d'une femme dankali à la grâce triste et nonchalante. Nous ne nous parlions pas, nous ne nous touchions pas, ou presque. Le peu que je savais de sa vie, de la malédiction qu'avait été pour elle sa beauté, me portait à comprendre son silence ; dans le mien, j'imagine qu'elle respectait une prérogative de cette espèce mystérieuse que constituaient décidément les Blancs. Nous allions par les coursives dévastées, nous tenant par la main. Une légère brise faisait oublier un moment la fournaise. Je m'asseyais, elle s'accroupissait, joignait ses longues mains sur son menton, je tirais un harmonica de ma poche et en jouais, c'était la seule occasion où une expression de joie enfantine parût sur son visage (même dans l'amour, parce qu'il nous arrivait tout de même de le faire, elle gardait un masque impassible), nous regardions les oiseaux glisser dans le ciel incandescent, ou bien dériver les voiles irisées de ces méduses que les Anglais appellent « vaisseaux de guerre portugais », et dont les longs filaments pourpres et bleus peuvent causer la mort. On nous eût pris pour des fous, ou des fantômes. Nous étions bien l'un et l'autre, j'imagine, couple allant dans la profonde eau triste, parce que le monde semblait s'être soudain éloigné. Nous appareillions de conserve pour des mers que n'eussent jamais reconnues les hommes.

C'était comme qui dirait devenu une épave, m'avait dit la concierge – une femme dont l'air hargneux me déplut d'entrée. Néanmoins, la passion du commérage excédant chez elle la méfiance qu'elle éprouvait vis-à-vis de toute personne étrangère à l'immeuble, elle se prêta volontiers à mes questions, et bien au-delà. Une inclination irrésistible la portant naturellement vers les confidences les plus indélicates, voire graveleuses, elle m'apprit que A. et sa compagne avaient accoutumé de « faire beaucoup de bruit la nuit ». Puis, comme elle voyait que je ne réagissais pas, et craignant sans doute que je n'eusse pas compris, elle ajouta : Et pas seulement la nuit : ça les prenait des fois n'importe quand. Même à midi, souligna-t-elle : il semblait que ce fût à ses yeux le comble de la luxure. De ce point de vue, elle n'avait eu qu'à se féliciter des changements intervenus dans la vie de mon ami : sa couche était restée désormais silencieuse. Ce que l'ordre public y avait gagné, sa curiosité à elle, évidemment, l'avait perdu : aussi percevait-on, sous la satisfaction affichée, une vive pointe de déception. D'ailleurs d'autres bruits, moins immoraux certes, mais tout aussi dommageables à la tranquillité, avaient pris la relève : les pas de A. qui faisaient interminablement grincer le plancher, parcourant des centaines de fois le même circuit, interminablement, jusqu'à ce qu'enfin elle s'énervât et frappât des coups au plafond – A. logeait à l'entresol. Ou bien la musique – toujours les mêmes airs, me dit-elle, qu'elle était incapable d'identifier autrement qu'en les qualifiant de « tristes » et même d'« ennuyeux » – qu'il écoutait jusqu'au moment où l'aube faisait bleuir les carreaux et rouler les poubelles dans les cours. Enfin maintenant, le pauvre, ajouta-t-elle d'un air féroce, il ne ferait plus jamais de bruit.

Le rideau de sa chambre, me dit-elle – m'entraînant dans la courette sur laquelle elle donnait –, restait tiré toute la journée. C'est qu'il ne se levait plus qu'à des trois, quatre heures de l'après-midi, pour autant qu'elle pût en juger. C'était en tout cas vers ces heures-là qu'il lui arrivait de le rencontrer devant les boîtes à lettres, dans l'entrée. Jamais rasé de frais, avec les yeux profondément cernés, résillés de sang : c'était comme qui dirait devenu une épave. Ce n'était pas seulement cette phrase lamentable qui m'avait reporté en souvenir sur mes forteresses de songe, de sel et de fer oxydé, mais le regard que je posai, au moment où elle la prononçait, sur ses bras épais, flasques et marbrés : des murènes. Du tronc de cette mégère jaillissaient des murènes, ses petites mains rougeaudes étaient des cisailles avides de sang. Dès l'instant qu'il était levé, m'apprit-elle, et c'était donc en général fort tard, à point d'heure, A. ne cessait d'aller ouvrir sa boîte à lettres : dix fois par jour peut-être, et même le dimanche, comme s'il ne savait pas qu'il n'y avait que deux distributions quotidiennes, de toute éternité, et en semaine seulement. Son avis, à cette maritorne, c'est qu'il attendait désespérément, absurdement, une lettre qui ne venait pas, ne vint jamais. Je vous laisse deviner de qui, me dit-elle d'un air où la ruse la plus basse le disputait à la joie.

Même en mobilisant toutes les ressources, pourtant considérables, de sa diserte malveillance, elle ne trouvait pas grand-chose à ajouter. C'est que, détail qu'elle ne pourrait jamais lui pardonner, A. avait choisi pour tirer sa révérence une semaine où précisément elle était absente, ayant dû aller visiter une sœur provinciale dont on avait prélevé, tint-elle à me préciser, « les organes ». Elle avait donc été privée, par la faute coalisée de mon ami et de cette misérable parente, d'un événement qui eût été l'apothéose de sa carrière – l'équivalent d'un triomphe pour un général romain. La détonation, l'arrivée subséquente des messieurs de la police, le médecin légiste, le mètre-ruban, les tracés de craie au sol, les flashs photographiques, le brancard avec le corps masqué par une couverture, toutes ces choses qu'elle avait vues tant de fois « à la télé », dans des feuilletons, et qui enfin advenaient « pour de vrai », sur son territoire, sous sa juridiction, elle ne les avait connues que par ouï-dire. Elle s'offrait d'ailleurs volontiers à me les narrer, on sentait que la surabondance des récits qu'elle en pouvait donner palliait, dans une certaine mesure, leur défaut de réalité expérimentale. Je déclinai sa proposition. Il ne m'importait pas de savoir si A. s'était vêtu d'un smoking et avait étendu sous lui une bâche en plastique pour ne pas faire de tache : ce sont des détails auxquels on prête de l'importance lorsqu'on est jeune homme, après on sait que la mort est toujours semblable à la mort, quelque afféterie macabre qu'on y ajoute. Ce n'était pas le point final qui m'intéressait, mais le message effacé qui le précédait.

Il fallait bien qu'elle eût croisé un jour ou l'autre la disparue : elle dut en convenir. Cet aveu lui coûtait, parce qu'elle n'avait guère de mal à en dire. Elle semblait très jeune en effet, et pâle : la femme de ménage ne s'était pas trompée. Etait-elle belle ? Cela dépendait des goûts, d'après elle, mais enfin, si on aimait ce genre-là, ces filles de porcelaine fragile, aux yeux sombres et tristes, alors oui, elle était extrêmement belle. Quant à elle, la concierge, elle la trouvait maigre comme un cent de clous. D'ailleurs, elle l'apercevait à peine, tant son pas était léger et rapide, tant elle filait furtive, toujours vêtue de noir, des tennis blanches aux pieds : comme si elle eût gagné ou quitté un lieu clandestin. Tout de même, plusieurs fois qu'elle était en train de « faire les étages », le matin, elle avait « surpris leur manège », comme elle disait : A. appuyé au chambranle de la porte, elle déjà au tournant de l'escalier, ils échangeaient, de leurs doigts portés aux lèvres, des baisers. Puis il ne refermait, très doucement, derrière lui que lorsque le claquement de la porte cochère l'avertissait qu'elle était déjà dans la rue. C'était comme un rite, leur séparation matinale semblait, jour après jour, être la répétition d'un adieu éternel.

6

La mort volontaire de A. l'avait rendu intéressant. On apprit que j'étais son ami, que j'avais navigué, que j'arrivais d'un rivage reculé de la mer Rouge : cela me donnait, j'imagine, un vague côté Rimbaud mâtiné de Conrad. On m'invita à quelques dîners, j'eus la faiblesse d'y paraître. Des femmes fardées vinrent à ma rencontre; d'autres, à la pâleur copiée de tableaux préraphaélites. Enfin qu'importe. Très cher, me dit-on, en me prenant les mains, en fixant sur moi de beaux yeux embués, quel malheur, quelle perte! De petits messieurs dont le débraillé sophistiqué marquait qu'ils étaient artistes me prirent par le bras comme un vieux camarade qu'on soutient dans l'épreuve. J'étais, on le concevra sans peine, peu familier des usages de ce monde. J'ignorais à quel point la comédie en était la règle, et le rôle de Paillasse que j'y tenais. Je m'imaginais de bonne foi que ceux et celles qui le regrettaient ainsi l'avaient aimé : or, ce qui m'étonna d'abord fut que nul ne semblait en avoir gardé un souvenir personnel, moins encore de la jeune femme demi-deuil. Je compris bientôt que c'était à peine s'ils l'eussent salué de son vivant. Il leur était complètement étranger, il n'y avait que sa disparition qui leur fût familière, parce qu'elle leur servait à rehausser quotidiennement la joie et presque la vanité qu'ils avaient de constater mutuellement leur existence, le prestige de cette situation d'être vivant, en dépit des apparences : merveille qu'ils ne se lassaient pas d'éprouver par des bons mots, des potinages, des attouchements.

Au moins pensais-je qu'il leur était de quelque façon précieux par ce qu'il avait écrit, et qu'on affectait de louer. Je m'aperçus bientôt que leurs connaissances à cet égard se bornaient en général au souvenir vague de quelques opinions reçues. Je ne tardai pas à comprendre que leurs lumières, s'agissant même des grands textes que la gloire avait consacrés depuis longtemps, n'étaient guère plus vives ni plus étendues. Moi le rustique, frais débarqué de mes déserts, j'avais lu plus qu'eux. Il est vrai que je lisais selon le cours que prenaient mes pensées, ou même ma fantaisie de solitaire. Eux parcouraient ce qu'il « fallait avoir lu », c'est-à-dire ce dont s'entichait, le temps d'une semaine ou d'un mois, un demi-monde plus vaste, mais assez ténu tout de même, dont ils n'étaient qu'une partie : et les bizarreries du bel-air faisaient que ce pouvait être une fois Sénèque, et l'autre une vedette de la télévision qu'avait piquée soudain l'envie d'ajouter son nom à la liste innombrable et sans lustre des littérateurs.

Au reste, cette feinte estime qu'on manifestait pour A. ne dura qu'aussi longtemps que ma présence leur fut une nouveauté et un divertissement. Dès que l'usage m'eut rendu transparent, à la façon d'un vieux vêtement trop porté, on ne se gêna plus pour dire tout le mal qu'on pensait d'un fâcheux que son orgueil retranchait de la société et dont la prose tourmentée contrevenait aux canons du bon goût français. Le trafic de menues malveillances était l'un des emplois de ces gens. La méchanceté, qui eût supposé une vigueur inconnue de ces tempéraments énervés, n'était d'ailleurs pas, pour autant que je pusse en juger, au principe de leur médisance : mais bien plutôt l'ennui, la futilité, l'instinct grégaire, sans doute aussi la gêne qu'ils éprouvaient à mesurer, dans leur for intérieur, la profondeur de leur indifférence et à s'avouer que, lors même qu'ils affichaient par convenance des convictions artistiques modernistes, leur goût spontané les portait vers le roman naturaliste, la poésie parnassienne et la peinture pompière.

La littérature, j'ai déjà dit que, tout en la fréquentant assidûment, je ne prétendais pas savoir ce que c'était : au moins étais-je assuré que ce n'était pas le petit commerce dont ces gens-là vivotaient. Il me semblait parfois que les hommes étaient comme de grandes statues creuses à l'intérieur obscur desquelles grondait un bruit furieux, disloqué par la multiplication désordonnée des échos : et écrire eût été alors tenter d'orchestrer cette pure rumeur du chaos. Nous abritions, sous la majesté muette du ciel, ces retentissements de citernes, ces mugissements d'océan dans des grottes, de bêtes égorgées dans des caves. Cela avait à voir avec la démence et la mort, ou bien si l'on veut avec la raison et la vie considérées comme la lutte confuse et perdue d'avance que nous menions contre ces pouvoirs du néant, le retard qu'ils apportaient à venir nous faire taire. Ecrire eût été composer de la musique entre le tohu-bohu et le silence éternel. Ces idées, je l'admets, manquaient de clarté : mais en est-il, en ces matières ? C'est en suivant aussi de semblables songeries qu'il m'arrivait d'imaginer un rapport aussi aveuglant, bref et indescriptible que le tracé de l'éclair, entre certaines nuées de mots et les hauteurs vertigineuses de l'orage.

Qu'on moquât son orgueil m'apprenait que mon ami n'avait pas trop changé depuis le petit quart de siècle que nos routes s'étaient séparées. J'en fus heureux en dépit des tracas que cela avait dû lui valoir, et qu'on pouvait mesurer par les sarcasmes à peine dissimulés dont était à présent saluée sa mémoire. Les années qui avaient passé, filant vers la fin du millénaire, entre notre adolescence et notre âge d'homme, étaient aussi celles où non seulement les vertus anciennes de probité, d'honneur, de fermeté d'âme avaient cessé d'être respectées, mais où les mots eux-mêmes qui les désignaient avaient perdu toute signification vivante, où le fil s'était rompu qui liait, à travers l'histoire, le présent aux âges antiques, la profondeur lisible, intelligible du temps ayant été effacée par le moutonnement d'une actualité informe et redondante. Je comprenais que ce qu'on détestait dans l'orgueil, c'était qu'il affirmât la singularité, voire l'élection, de celui qui le revendiquait, et n'éludât point les risques et les devoirs auxquels il engageait – au lieu que la vanité, sa forme contemporaine et dégénérée, n'obligeait à rien qu'à une surenchère de fanfaronnades. L'orgueil était tenu désormais pour une maladie, et aussi démodée, dans les classes dirigeantes d'Europe, que la syphilis ou la tuberculose.

Ce qui était honoré, en revanche, et prodigieusement, c'était l'argent. Lorsque j'avais quitté la France, il était encore bienséant de n'en point avoir – ou, en ayant par hasard, de le jeter à tous vents. J'étais stupéfait de voir que les cours de la Bourse, les taux d'intérêt, les valeurs des monnaies avaient remplacé, aux unes des journaux et jusque dans les conversations des gens du monde, la marche des révolutions, que les grands affairistes fascinaient les imaginations que tenaient captives, autrefois, les libérateurs réels ou supposés des peuples, et qu'enfin la réputation d'un homme, le rang qu'il occupait dans l'estime des autres étaient fonction des marques d'opulence qu'il pouvait prodiguer. Encore le plus plat conformisme fixait-il les règles et les bornes de cette ostentation : ce n'était pas l'extravagance qu'on désirait et louait, mais au contraire la ressemblance à des modèles de comportement, d'habillement, de divertissement, de culture, etc., dont l'incessant ressassement publicitaire hébétait les esprits.

On était entré, à tous égards, avec précipitation et de tous les côtés à la fois, dans l'âge du vulgaire. Ces gens, héritiers indignes d'un esprit qui avait illuminé l'Europe, tiraient leur plaisir et l'ordinaire de leur conversation du spectacle quotidien de marionnettes de caoutchouc censées figurer les grands de ce monde, représentations où la grossièreté des traits ne le cédait qu'à la bêtise stéréotypée des répliques : ils croyaient y voir du Molière. On avait oublié l'humour pour la rigolade, l'insolence pour la canaillerie. On admirait les imposteurs, ceux qui avaient volé à d'autres la substance et jusqu'à la forme de leurs livres, dès lors que la filouterie était suffisamment éhontée et la personne de l'escroc assez en vue pour donner matière à d'amples développements journalistiques ; car, bizarrement, ce qu'on n'eût pas pardonné à un candidat bachelier, on l'excusait chez un puissant, et il se trouvait toujours assez d'âmes serviles pour attribuer à la générosité excessive du génie les indélicatesses les plus flagrantes.

Si j'évoque ces bassesses (dont il se peut d'ailleurs, je le reconnais, que mon ingénuité me porte à exagérer la nouveauté), c'est parce que je supposais qu'elles eussent pu figurer dans la lettre suspendue de A. Je ne pouvais décidément croire que ses raisons eussent été toutes d'ordre sentimental, ou plutôt je ne pouvais m'empêcher de penser que, pour l'homme dont je me souvenais et qu'il semblait qu'il fût demeuré, les déceptions intimes ne pouvaient acquérir une force aussi terrible que lorsqu'elles redoublaient et approfondissaient vertigineusement des tristesses plus vastes et philosophiques. Il me fallait donc supposer que la disparue s'était révélée soudain à lui comme appartenant à ce monde postiche, ou désireuse de s'y fondre, que son départ avait été ressenti comme un passage à l'ennemi en pleine bataille (en pleine déroute). Ainsi se complétait, se compliquait – de façon purement hypothétique – son portrait : l'un des lacs qui la tenaient intérieurement étranglée eût noué à une aspiration romantique aux grandes solitudes partagées de l'art et de la passion une sécheresse qui la portât à désirer les espèces les plus communes de la vie bourgeoise de ce temps : âme tout à la fois exaltée et vide, dramatique et frivole, rêvant vaguement de grandes choses et occupée de broutilles, souffrant de se deviner déchirée par des mouvements si contradictoires. Bouche qu'eût rendue muette, comme celle de l'Iscariote lors de la dernière Cène, la tension entre la volonté de trahir et la honte de la trahison. Mais peut-être allais-je imaginer des tempêtes qui n'avaient pas bouleversé son crâne, peut-être la réalité avait-elle été beaucoup plus banale et avait-elle quitté A. parce qu'il était impossible à vivre, tout simplement. C'est en tout cas ce que pouvaient m'inviter à croire d'autres choses que j'appris, et que je dois rapporter.

7

Comme je rétribuais d'un billet de cent francs son infâme indiscrétion, la concierge m'avait lâché que A., à un moment donné, « était parti se faire soigner » en un lieu où elle lui faisait suivre le courrier et dont elle croyait avoir gardé l'adresse. Seulement, elle ne la retrouvait plus : un autre billet de cent francs la fit surgir de ses archives graisseuses. Je me rendis ainsi dans une villa aux volets bleus, au fond d'un parc mouillé de la banlieue ouest. Je me souviens que la Seine en crue roulait sous les ponts de grands remous de bronze, je me souviens d'un jour venteux, des rapides nuées grises sur lesquelles les ramures noires des arbres dessinaient comme un ciel de verre éclaté. Les médecins, naturellement, s'étaient retranchés derrière le secret professionnel. En revanche je sus convaincre une aide soignante franco-algérienne, à l'assez beau visage de Jugurtha femelle, de me retrouver après son service dans une brasserie occupant l'un des angles d'un carrefour nommé la Grâce de Dieu : nom qui m'évoquait une chanson de Mac Orlan, et dont l'étrangeté était rehaussée encore pour moi du fait que ladite grâce, ou seulement la pitié, avait été refusée à celui qui avait passé six semaines dans ces parages.

Ce n'était pas par goût du papotage, me dit d'entrée cette fille, avec une expression d'austère gravité, qu'elle avait accédé à ma demande : mais parce qu'elle avait éprouvé pour A. de la sympathie, et même, précisa-t-elle après une légère hésitation, quelque chose comme de l'inclination : elle me le dit en ces termes et j'en marquai sans doute, involontairement, de la surprise, car elle ajouta qu'elle lisait beaucoup, que cette circonstance n'avait pas peu compté dans sa complicité avec mon ami, dont le lit était en permanence encombré de livres, et qu'il ne fallait pas que je m'étonne de ce qu'elle utilisât, en parlant, des mots plus recherchés que ceux qui formaient d'ordinaire la conversation des gens de sa condition. Cette phrase, dite avec une certaine brusquerie, me fit rougir. Je sentis en face de moi une énergie farouche, trempée dans des batailles engagées dès l'enfance contre un sort adverse, et gagnées l'une après l'autre : j'en fus admiratif, et plus intimidé que par la discrète affabilité des psychiatres. J'eus, dans le même instant, l'intuition que cette jeune femme au courage qu'on eût dit viril, qui me dit s'appeler Ouria, c'est-à-dire « Liberté », était l'exacte opposée de la disparue dont j'imaginais que l'inexpérience de la vie et même le refus angoissé d'en connaître et d'en affronter les épreuves avaient commandé le comportement : et qu'ainsi j'en apprendrais peut-être plus sur elle que ce que les mots me diraient expressément. Rien, je l'avoue une fois de plus, ne m'autorisait à faire ce raisonnement : rien, sinon la chaîne des hypothèses qu'il ne m'avait pas semblé trop aventureux de former auparavant, et qui dorénavant liaient mes pensées.

Lorsqu'il était arrivé à la clinique, A., me dit-elle, était un homme ravagé par le mélange de l'alcool et des médicaments antidépresseurs. Teint gris, joues hâves, profonds cernes sous les yeux, mains tremblantes. Son corps, me dit Ouria en me regardant droit dans les yeux, comme si elle eût voulu vérifier que j'étais capable de supporter la brutalité de semblables révélations, d'en comprendre le sens, son corps ne lui appartenait plus. Il était trempé par de soudaines suées, lors même qu'il faisait froid. Il lui arrivait de pisser, même de chier, dans son pantalon. J'espère que je ne vous choque pas en vous rapportant cela. Je vous le dis parce que je crois que c'était un homme qui se souciait de son apparence physique, une femme s'aperçoit de ces choses-là : et il me semble que cette dégradation qui devait lui être insupportable, il l'acceptait en même temps avec une ironie et presque une joie sinistres. Et comme je lui répondais que non, je n'étais pas choqué, que je savais que la souffrance n'était pas un dîner de gala, ni de la poésie élégiaque, que c'était du sang, de la sueur et de la merde, elle ajouta, à voix très basse, ces quelques mots banals par lesquels il me sembla néanmoins que s'exprimait toute la compassion du monde : Ça n'était pas de sa faute.

Et ce n'étaient pas seulement ces signes qui trahissaient son état de délabrement, mais aussi une manière de laisser les yeux errer dans le vague, ou bien au contraire de regarder trop fixement, comme quelqu'un qui ne sort que par moments d'un songe épuisant et doute de la réalité de ce qu'il découvre ; et encore une façon de se tenir légèrement courbé, comme plié par un coup, refermé autour d'une douleur qui ne l'eût jamais abandonné et dont le commerce exclusif l'eût accaparé au point de lui faire oublier tout le reste qui ne se rappelait à lui que par hasard, sporadiquement, et toujours sous les formes de l'épouvante : un bruit, le son d'une voix le faisant soudain terriblement sursauter, la chute glissée d'une feuille morte, dans le parc, manquant le faire tomber à la renverse.

L'abus d'alcool avait-il été la cause première de l'espèce de KO debout où se trouvait mon ami, ou bien l'effet d'un malheur antérieur, c'était ce dont discutaient distraitement, au cours de leurs briefings matinaux – auxquels Ouria n'était évidemment pas admise, mais dont elle avait vent par l'intermédiaire de l'infirmière-chef – les Diafoirus psychiatriques. Quant à elle, Liberté, elle pensait beaucoup plus sagement, me sembla-t-il, que chaque homme portait en lui dès sa naissance, rangées pêle-mêle comme des cartes battues, les causes potentielles de sa perdition avec celles de sa félicité. Boire excessivement faisait partie de ce qu'on eût pu appeler le programme dramatique de A., comme aussi la gaieté la plus débridée, un versant de lui-même roulant vers l'obscurité, un autre vers la lumière : comme chacun d'entre nous, mais plus despotiquement et absolument dans son cas que chez la plupart. Ouria avait, pour parler de ces choses impondérables et peut-être incompréhensibles, des mots, des métaphores orographiques qui lui venaient peut-être des djebels numides d'où sa lignée tirait son origine. Tous les hommes, disait-elle, avaient une double pente : mais chez certains elle était si peu marquée que les eaux, de quelque côté qu'elles s'écoulassent, adoptaient un cours paisible, tandis que chez d'autres la moindre pluie faisait naître des torrents qui emportaient tout sur leur passage.

Je ne pouvais pas ne pas mettre en rapport ce que m'apprenait Ouria avec des insinuations appuyées que m'avait faites la concierge. Ce n'étaient pas seulement les bruits de l'amour, m'avait laissé entendre cette vieille peau, qui faisaient retentir la nuit, mais dans les derniers temps de leur vie commune l'écho de violentes querelles, et plutôt que des querelles d'ailleurs des cris proférés par lui seul, des imprécations, des bris d'objets, quelquefois même des coups. Je ne pouvais pas commettre, à l'endroit de la disparue, et de A. lui-même, l'injustice d'ignorer ce que ces indications semblaient me suggérer : que mon ami s'était enfoncé dans une spirale de douleur qui l'avait rendu, à la fin, d'un commerce insupportable. Je ne devais pas ignorer ce qui témoignait à sa charge, non seulement par souci de la vérité, mais par respect pour cette vérité plus haute que toutes qu'avait été pour lui l'amour dans lequel il la tenait et qui m'empêchait absolument, en eussé-je été tenté, de la condamner. Seulement, ce même indubitable amour m'obligeait à chercher les raisons de l'égarement qui sans doute, par accès, l'avait jeté loin d'elle, et même contre elle (autant dire hors de lui, contre lui), dans les souffrances que devaient lui infliger la solitude muette où elle s'enfermait, le fait qu'en définitive, et en dépit des apparences physiques, elle ne s'abandonnât pas, et de moins en moins, à lui. Et peut-être même avait-il plus ou moins prévu ce qui allait en fin de compte arriver, ou en tout cas que la part d'amertume dont elle l'abreuvait ne ferait que croître, et s'était-il précipité au-devant de ce malheur qu'il sentait venir. Ou peut-être aussi ces fureurs, ces débordements correspondaient-ils à des tentatives ultimes et folles pour remettre d'aplomb, par les moyens les plus incertains, un amour désaxé : comme qui, désespérant des voies de la patience, finit par jeter à terre la montre qu'il cherche à réparer et en fait ainsi irrémédiablement sauter les subtils mécanismes.

Ouria ne savait rien de bien précis sur la catastrophe qui avait fait s'effondrer la vie de A. : celui-ci ne lui avait guère fait de confidences, qu'elle n'avait pas non plus sollicitées. Elle savait seulement qu'une femme l'ayant quitté, le monde avait cessé de lui paraître justifier la somme d'efforts qu'il fallait fournir pour s'y maintenir en vie. Car, me dit-elle, usant cette fois d'un autre genre de métaphore, vivre était devenu aussi difficile, aussi harassant pour lui que pour un poisson tiré de l'eau, et que l'air que nous respirons asphyxie. Son avis était qu'il avait commencé à boire parce que quelque chose, une secrète fêlure, dès le début avait fissuré et condamné à la ruine ce qui lui était devenu plus cher que tout, sa vie avec cette fille. Ensuite, il était possible que ce qui n'était d'abord que l'effet visible d'un désespoir caché trouvant son origine dans une séparation continuellement redoutée, en puissance dans les mots et les gestes même de l'amour qui semblaient la nier, fût devenu le prétexte ou la cause ultime de cette séparation. Elle tirait cette croyance d'une des rares confessions que lui eût faites A., un matin où, lui apportant le petit déjeuner, elle l'avait trouvé debout, le front appuyé contre la vitre derrière laquelle le ciel commençait à pâlir – c'était l'heure où des tas de feuilles mortes, dans le parc, semblait émaner une sorte de rayonnement mauve, tandis que les façades blanches des villas aux volets clos, zébrées par les branches des arbres, composaient un décor où quelque chose d'abandonné dans le peu de lumière livide, lui avait-il dit, évoquait pour lui un paysage de guerre. Il semblait qu'il eût pleuré. Comprenez-vous, lui avait-il demandé, qu'on fasse la guerre à ce qu'on aime ? Et comme elle lui répondait que non, il lui avait dit que pourtant la femme qui l'avait quitté, dont la perte l'avait jeté dans l'état misérable où il se trouvait, n'avait cessé de chercher à lui échapper à proportion même, semblait-il, de l'amour qu'elle lui portait.

Elle s'était torturée et l'avait torturé ainsi dès les premiers jours où elle semblait tirer de la violence même de leur passion quelque énergie dérivée, masochiste, pour lui dénier tout avenir. Et cette perversion de l'amour était si étrange et en fin de compte si morbide qu'il lui était arrivé de se demander si au moment où elle l'avait quitté elle ne s'imaginait pas être plus que jamais éprise de lui, si même elle ne l'était pas en effet, de la seule façon qu'elle eût d'éprouver profondément l'amour et qui était d'ôter toute réalité, toute existence charnelle et contingente à son objet. Ce qui lui faisait soupçonner cela, qui semblait aberrant, lui avait-il dit, c'était l'acharnement qu'elle avait mis, alors même qu'elle rompait sans retour le lien vivant qui les unissait, à conserver de lui, contre la volonté qu'il en avait exprimée, tous les souvenirs accumulés au long des années de leur vie commune – photos, lettres, poèmes, cadeaux rapportés de voyages, fleurs séchées cueillies au bord des chemins, minuscules coquillages pailletés de mica, certains imperceptiblement tigrés, où se ramassait la mémoire de longues heures paisibles passées à marcher main dans la main sur le miroir mouillé des laisses (elle portant sa robe à carreaux noirs et blancs), de milliers de pas inégalement empreints dans le sable, les uns légers, les autres plus nettement marqués, que l'eau avait effacés et qu'on ne reverrait jamais côte à côte : tandis que lui n'avait eu de cesse qu'il n'eût jeté ou brûlé tous ces objets dont la pointe minutieuse lui déchirait continuellement le cœur. C'était, avait-il pensé avec horreur, comme si elle eût voulu édifier un mausolée intime, une sorte de barque funéraire où son absence naviguât pour l'éternité, entourée des dépouilles d'une vie enfuie.

Il soupçonnait ces choses étranges, disait-il, ces attentats contre la vie, mais il était forcé d'admettre qu'il ne savait pas si son interprétation était la bonne, que peut-être il la privilégiait parce qu'elle préservait le souvenir de leur histoire, au moins, de la banalité, qu'il y en avait d'autres possibles, et combien plus vulgaires, comme par exemple le fait qu'elle eût pris conscience de ce qu'elle aspirait non à la passion, mais au confort, et dissimulé cette découverte sous les masques d'une feinte névrose. En vérité, l'obstiné silence dans lequel elle s'était tôt enfermée, et que maintenant A., par épuisement, par dégoût, n'avait même plus envie de rompre, l'empêcherait à jamais de savoir s'il avait été trahi par une âme excessivement compliquée, déchirée et froissée selon des lignes incompréhensibles, ou bien au contraire trop platement bourgeoise. Et il se pouvait encore que ce fût lui qui, par incapacité à adoucir ce que son caractère avait de trop tourmenté et emporté, à raboter ce qu'il avait d'extravagant et d'impérieux, par un excès de confiance aussi, qui se fût apparenté à de l'égoïsme et à de la vanité, dans l'empire qu'il avait sur elle, eût été l'artisan de son propre malheur. Il se pouvait – et cette réflexion était un petit tourment au sein du tourment bien plus ample qui l'emportait – qu'il eût été un inconscient et en fin de compte un faible : car si c'est une faiblesse de ne pas croire en soi, c'en est une autre, et plus ridicule encore, que de n'en jamais douter.

Ces hypothèses, c'étaient précisément celles qu'à partir de presque rien j'avais formées : je fus surpris d'apprendre de la bouche triste de cette fille que non seulement elles n'étaient pas absurdes, mais que A. lui-même ne semblait pas être beaucoup plus à même que moi de démêler entre elles.

8

Cette coïncidence entre mes imaginations et les pensées qui avaient en effet été celles de mon ami fit naître en moi le désir de me le représenter. Je demandai à Ouria comment se passaient ces journées où déjà devait se faire terriblement sentir l'attraction du néant qui approchait. Je fus étonné du temps monotone et presque paisible que me décrivait sa réponse. On le réveillait à huit heures, comme tous les pensionnaires, pour le petit déjeuner qu'il prenait en faisant traîner les choses, fumant bientôt les premières cigarettes avec les dernières tasses de café, regardant pâlir le ciel au-dessus des façades des villas et des tas de feuilles mortes, entre les branches noires des arbres, écoutant de la musique dont elle connaissait au moins deux titres, parce qu'il lui avait laissé les disques en partant, et qui étaient *Cosi fan tutte* et la sonate pour piano et violon de César Franck. Puis il montait prendre une douche à l'étage au-dessus, l'étage fermé, appelé ainsi parce qu'en effet on ne pouvait y accéder sans une clef spéciale, que ne possédaient que les médecins et les infirmières : il lui fallait donc sonner et attendre sur les dernières marches de l'escalier, sa serviette sur le bras, son savon à la main. C'était l'heure lustrale dévolue à l'eau dont le ruissellement sur le corps recru, légèrement empâté par l'inaction et l'effet des médicaments, lavait les sueurs et les cauchemars de la nuit, à l'eau et à la lumière qui montait comme une sève le long des arbres noirs, livide et chargée de neige la plupart du temps, mais parfois aussi traversée de rapides éclairs azurés ou safranés. C'était, me dit Ouria, le moment où A. se sentait presque heureux, presque sur le point de renaître comme l'eau toujours courante, comme les arbres à l'intérieur desquels se préparait déjà l'éclosion des feuilles, comme le jour sans cesse tissant sa soie, sans cesse tirant la part claire du charroi d'ombre : heureux de cette joie primordiale qui est liée aux corps célestes, ne dépend de rien d'humain, qu'il suffit de laisser venir sans penser à rien, sans rien accueillir qui ne soit ce basculement immense et doux. C'était aussi l'heure où il nourrissait les passereaux avec de petits morceaux de beurre déposés sur le rebord du balcon. Et la familiarité qu'il avait peu à peu acquise avec ces créatures légères, presque sans poids, prestes flèches empennées filant sans mémoire dans un éternel présent, lui faisait oublier un moment l'horreur de la matière énorme et inerte dans laquelle il avait le sentiment de s'enfoncer et de se perdre.

Le reste de la matinée était occupé par la perfusion : allongé sur le lit, regardant les imperceptibles changements qui affectaient le tableau découpé par le rectangle bleu de la fenêtre : une feuille qui se détachait et tombait en glissant, un oiseau dont le vol rapide zigzaguait entre les branches, une altération lente et continue de la lumière. Regardant ces choses infimes, essayant d'y prêter l'attention la plus soutenue, la plus exacte, et aussi l'écoulement goutte à goutte de l'Anafranil qui produisait des cercles brillants dans la bouteille suspendue au-dessus de sa tête. Il arrivait qu'il prît des notes dans un cahier posé sur ses genoux et alors, si l'aiguille du microfuseur était enfoncée dans le dos de la main droite, parce que les veines de l'avant-bras étaient trop noires et indurées, on eût dit que le liquide antidépresseur passait directement, par son stylo, sur la page. Mais la plupart du temps il lisait, jusqu'à ce que l'assoupissement le gagne.

L'après-midi venaient les amis. Je fus heureux d'apprendre que A., loin d'être abandonné, était de tous les malades celui qu'on visitait le plus. Avec ceux ou celles qui venaient le voir, il arpentait les allées du parc, toujours vêtu de noir, un peu voûté, mains dans les poches, toujours faisant rougeoyer la braise d'une cigarette, s'arrêtant parfois pour noter sur un petit carnet on ne sait quelles choses s'agissant des écorces ou de la putréfaction des feuilles mortes ou du vol des nuages et des oiseaux, d'après ce qu'il disait à Ouria. Souvent il neigeait ou il bruinait, ou bien une brume glacée faisait stagner ses nappes laiteuses entre les arbres, mais cela ne l'empêchait pas d'aller. A la nuit tombée, il raccompagnait ses visiteurs à la grille, où il demeurait longtemps à les regarder s'éloigner dans la rue menant à la gare, leur faisant des signes d'adieu quand ils se retournaient, comme autrefois il envoyait des baisers à celle qui partait, courant aussi loin que possible sur le quai au rythme du train qui l'emmenait, ou bien la suivant des yeux dans l'escalier, le matin, jusqu'à ce qu'elle eût disparu. Et je savais, pour l'avoir vue cependant que j'attendais Ouria, que la villa qui abritait la clinique, avec toutes ses fenêtres aux volets bleus flambant derrière la herse noire des troncs festonnés de cristaux, semblait un petit palais de Pétersbourg vers le perron duquel il eût marché dans la nuit étincelante, et je ne saurais dire ce qui me permettait de le croire, sinon l'habitude que j'avais prise, depuis les premiers jours de mon retour d'Afrique, de me couler dans ses pensées supposées, et aussi la fréquentation bien plus ancienne que j'avais de lui, mais j'étais sûr que lorsque ses pas crissaient sur les marches de l'escalier à double révolution éclairé par deux statues lampadophores, ses songeries le jetaient vers les yeux gris d'une Anna Karénine qui l'eût attendu dans le vestibule, sous la rampe de néon qui avait depuis longtemps remplacé, face au cabinet du chef psychiatre, les feux tremblants du grand lustre.

Commençaient alors, après le médiocre dîner servi dans des gamelles d'étain, arrosé d'eau du robinet, les heures terribles de la nuit durant lesquelles, et avant qu'on vînt, vers les onze heures, l'assommer de somnifères, A. tentait de retrouver la familiarité ancienne qu'il avait avec les mots. Or, disait-il à Ouria, les mots eux-mêmes l'avaient abandonné. Il avait accoutumé depuis son adolescence de vivre avec eux, de se battre avec eux, alternativement saisissant leur crinière et les forçant à se ployer à la forme qu'il avait choisie, ou se laissant terrasser, subjuguer par eux : or ses mains, ses muscles, son corps, sa ruse ne rencontraient plus rien à quoi s'affronter, il s'empêtrait dans sa propre force qui le faisait tomber à terre, n'ayant étreint que le vide. C'est à dessein que j'use ici de ces métaphores pugilistiques, car je crois que les mots sont aussi affaire corporelle : c'est avec tout le poids du buste, des épaules, des hanches, c'est avec la rapidité des jambes et des bras, la souplesse nerveuse des chevilles, des poignets, du cou, c'est avec ce que le sexe ajoute de grave et d'infiniment joyeux à la fois à toute cette machine qu'on les éprouve : en luttant avec eux. C'est ainsi : que les mauviettes s'abstiennent. Or les mots ne répondaient plus à ses appels, ils n'accouraient plus au combat, ne relevaient plus le défi, le laissant dans une solitude décidément désolée. Ecrire la moindre phrase qui ne fût pas un simple constat lui était devenu une torture, il demeurait des heures hébété devant le papier vierge, main tremblante, interdite au point par lequel aurait dû passer, passait autrefois le flux du verbe : comme un cours d'eau chatoyant, disait Ouria, usant de nouveau de métaphores agrestes, dans le fil lumineux duquel il eût suffi, il suffisait de plonger les doigts pour en tirer, serrés aux ouïes, de beaux poissons couleur de nuit ou de lune ou d'arc-en-ciel : là où l'eau stagnante, désormais, n'abandonnait plus aux doigts anxieux que des déchets décomposés.

Ses cheveux partaient par poignées, me dit encore Ouria dans cette brasserie derrière les vitres de laquelle la neige s'était mise à tomber sur la Grâce de Dieu et autres lieux, lent tournoiement de feux pâles estompant les surfaces des façades, adoucissant les angles des branches, enrobant les trottoirs où pissaient les caniches de dames en fourrures. Et c'était, plaisantait-il tristement, comme si à chaque fois se fussent arrachés de son cerveau quelques centaines de fils, de fiches et de branchements, un paquet de connections par lesquelles voyageaient, avec les mots, les souvenirs et les émois, grain de la peau, et la forme un peu trop aiguë des épaules, la couleur de l'œil, l'étroitesse des hanches, le bouton grenu des seins, le chevauchement de deux dents et la pointe de la langue entre les lèvres, les soupirs et les cris, la toison frisée du sexe, une façon de se déshabiller, la fatigue heureuse après l'amour, corps lovés l'un dans l'autre, la voix brisée, d'autres choses encore qui demeuraient malgré tout leur pauvre secret, tout ce qui fait l'étrangeté magnifique, tout ce qui creuse la profondeur rayonnante de la vie.

9

Je croyais connaître les tourments par lesquels il était passé, seulement je les avais éprouvés plus jeune, ce fut là ma chance : on résiste à presque tout lorsque la sève est encore vigoureuse. Je m'étais contenté, fuyant un pays où tant de lieux étaient attachés à des souvenirs heureux retournés désormais en emblèmes de malheur, de m'embarquer pour la mer Rouge et l'océan Indien : nulle tristesse d'Olympio n'était à redouter sur ces rivages. Je me souvenais que la douleur que j'avais éprouvée alors, il m'avait semblé qu'il ne pouvait en exister de plus grande : et, si ignorant de la vie que j'eusse été, je ne m'étais pas trompé, il ne m'arriverait plus jamais d'être à ce point déchiqueté.

La mort même des amis, des parents, ne laisse pas aussi détruit que la trahison. Elle garde intacte la fibre profonde de l'être où s'origine l'assurance d'être soi. Elle préserve des vestiges, photos, lettres, vêtements, mèches de cheveux, à travers lesquels revit incessamment quelque chose de la gloire des beaux jours : une image fanée, pâlie, mais qui les évoque cependant, modestement, tendrement, qui n'oblige pas à se détourner d'eux avec horreur. Au lieu que la trahison ne laisse rien indemne, même pas le passé dont elle inverse et empoisonne complètement le sens : ce restaurant où l'on avait dîné ensemble pour la première fois, où l'on s'était découverts avec émerveillement, avec incrédulité, sans oser trop encore se regarder, devant lequel on ne passait jamais sans qu'un pressement de doigts ne marque la complicité des souvenirs, où l'on retournait parfois, comme pour une cérémonie intime, et chacun alors se remémorait les mots maladroits qu'il avait dits à l'autre, le trouble qui le faisait trembler – voici qu'il faut le fuir comme un endroit maudit, éviter de passer dans la rue où il se trouve, voici que son nom même vous tire des larmes. Les mots les plus doux, ceux qui désignent les choses les plus simples, la terrasse de la maison où l'on aimait à se tenir en été, le souvenir de l'aube derrière les volets, l'ondulation lumineuse des vagues reflétées sur le mur de la chambre, tandis que des chocs de bois annonçaient l'appareillage des barques, ses cheveux épars sur l'oreiller, le goût et le dessin du sel sur sa peau, après la plage, les bouteilles d'eau dont elle se rinçait le corps, autant de coups de poignard.

Un train qui entre en gare, lorsqu'on se souvient de l'avoir attendue, caché derrière un pilier du quai, pour causer d'abord cette déception qui rendra plus passionnée la première étreinte, ses roues grinçant sur les rails, où que ce soit désormais vous broieront le cœur. C'est ainsi la seule chose qui subsiste d'elle, tout le trésor des images, des douces habitudes inscrites dans le corps, qu'il faut s'efforcer de saccager, de disperser à jamais si l'on veut survivre : tandis qu'il demeure l'espace imaginaire où nous continuons de rencontrer les morts. C'est à chaque instant qu'il faut mener nous-même la charrue, répandre le sel sur ce qui fut l'aire d'une ville qu'on a fondée et habitée ensemble ;

sans cesse recommencer ce travail de ruine de ce au milieu de quoi on avait voulu, on avait aimé demeurer. C'est le corps lui-même de la femme aimée, ce pour quoi on fût mort, qu'il faut apprendre opiniâtrement à oublier, dont il faut laisser le souvenir qu'en gardent les yeux, les doigts, la bouche, la peau, le sexe, chaque partie, parcelle de soi, se corrompre et se dissoudre comme se corrompent les cadavres.

La mort, d'ailleurs, fixe pour toujours les traits, les paroles, les attitudes : tandis que celle qui est partie, on devine avec effroi que chaque seconde qui passe modifie imperceptiblement son image, l'éloigne de celle qu'on a chérie, que des mots qu'on ne lui connaissait pas sortent de ses lèvres, des pensées traversent son esprit auxquelles on n'est pas associé, et qu'on ignorera toujours. On sait que cet irrésistible éloignement est l'effet constant de sa volonté, non d'une malédiction ni d'un sort contraire. On ne sait plus où elle vit, on ne veut plus le savoir, et ainsi c'est comme si la ville était devenue tout entière indéchiffrable, le lieu d'une énorme et constante embuscade, puisque à chaque coin de rue peut advenir l'horreur de rencontrer celle qui a choisi de vous devenir inconnue, étrangère, invisible, de ne plus connaître ni comprendre rien de vous. On se doute que peut-être sa coiffure a changé, que sûrement elle s'est acheté des vêtements qu'on ne lui verra jamais porter, jamais ôter, qu'elle les a achetés dans l'idée que d'autres les lui voient porter, ôter. On est effaré qu'elle n'en soit pas blessée, violée.

Chaque moment qui passe, par le seul fait qu'on en soit absent, qu'on n'en ait même pas idée, multiplie la trahison et l'arrachement qu'on a subis. Et le paradoxe proprement exténuant de cette douleur, c'est qu'elle vous est infligée par ce qui vous était le plus proche, ce vers quoi on se tournait pour trouver le réconfort lorsque partout il manquait, ce qui restait à votre côté quand tout vous avait abandonné : et telle est l'habitude de l'âme qu'elle continue machinalement, comme une bête ivre de coups, à attendre consolation de cela même qui étant son soutien, sa joie, est devenu son bourreau.

Je me souvenais des nuits atroces passées à boire, hébété, dans le premier bar venu, pour ne pas regagner la maison qui n'abritait plus qu'une absence. Je me souvenais de la fumée des cigarettes, bleue, nouée autour de la gueule, montant droit au plafond, sous les lampes, comme la corde d'un pendu. Je me souvenais des mains tremblantes, de la tête bourdonnant comme si un essaim d'abeilles y eût pris demeure. Je me souvenais des friselis d'eau noire et brillante dans les caniveaux lorsque je sortais enfin, prenais ma voiture et me mettais à rouler tel un insensé dans la nuit, tous feux éteints souvent, à travers les rues de la ville, puis sur les autoroutes mouillées où les semi-remorques faisaient filer des comètes rouges et blanches : me souvenant de sa tête posée sur mes genoux, que je caressais doucement tout en conduisant, et elle posait des baisers sur mes doigts, lorsque nous partions en vacances. Je me souvenais de l'espoir fou, néanmoins, lorsque l'oubli d'une lampe allumée faisait croire un instant, sous la fenêtre brillant dans le petit matin bleu, que peut-être elle était revenue. Je me souvenais des journées passées à griller des cigarettes près du téléphone, des bonds que fait le cœur quand la sonnerie retentit, qu'un taxi passe au ralenti dans la rue nocturne, du temps qu'il faut pour que ces chimères finissent par s'évanouir, de la solitude plus désolée encore dans laquelle vous laisse leur retrait.

Et même lorsque à force de se vider sans trêve l'esprit de ce qui sans trêve revient et cherche à l'envahir, à force de l'emplir à l'aveuglette de n'importe quoi, n'importe quelle billevesée plutôt que ça qui le déchire et le détruit, et c'est un effort accablant, on est parvenu, croit-on, à éloigner un peu le souvenir, on n'en a pas fini pour autant : car voici qu'au cœur de la nuit elle est dans vos bras, voici que les corps se joignent et exultent comme jamais, qu'on reconnaît sa langue et ses dents, et ses cheveux qu'on mord dans le cou, ses reins creux et ses jambes qui se nouent aux vôtres, et les petits grognements qu'elle pousse lorsqu'on hasarde des choses qu'elle n'aime qu'à moitié ; ou bien on est ensemble au bout d'un cap, on voit un grand bateau gîté dont les mâts sont des ombres, un vaisseau fantôme, elle vous dit qu'elle va voir le soleil se lever, on a terriblement peur soudain d'être séparé d'elle par le jour qui vient, qu'elle souhaite qu'on parte tandis qu'elle demeurerait là, seule devant l'aurore aux doigts de rose ; mais elle veut bien qu'on reste encore un peu, et on commence à faire l'amour en pleurant, à genoux l'un contre l'autre. Ou bien… Et, dieu, comme sont longues les secondes qui passent avant qu'on comprenne, trempé de sueur et le sexe durci, qu'il s'agissait d'un rêve, et comme sont horribles les heures qui s'écoulent ensuite avant que la fatigue miséricordieuse ne finisse par vous assommer.

Je sais ce que c'est que la mort, on se doute qu'au moment où j'en suis de ma vie je l'ai plus d'une fois croisée, mais j'affirme qu'elle ne laisse pas aussi intimement brisé que l'abandon. Elle a l'affreuse douceur, aussi, des choses irrévocables : inutile de se révolter contre elle, de la solliciter de revenir sur ses arrêts. Tandis que la décision de vous abandonner, on sait qu'une personne l'a prise, et la personne justement qui ne vous voulait aucun mal, mieux celle qui vous souhaitait du bien, tout le bien possible, pensait-on, celle qui enfin vous aimait. Et c'est une réversion si inouïe du bien et du mal, un retournement si incompréhensible des rôles que l'esprit affolé ne peut les concevoir, moins encore les admettre, et s'épuise dans la vaine croyance que ce qui a été pris sera repris, ce qui a été délié sera lié de nouveau : puisque un mot suffirait de celle qui n'avait pas de mots assez doux, une pensée tendre de qui se souciait de vous comme de ce qu'elle avait de plus cher. Se peut-il qu'à présent une décision d'elle vous laisse presque mort, et qu'elle continue cependant son chemin, insensible à vos cris ? Se peut-il qu'elle ne soit pas accablée de la blessure terrible qu'elle vous a faite, elle qui s'inquiétait du moindre mal qui pouvait vous advenir, elle dont on calmait avec des baisers la moindre petite égratignure, les crampes qui souvent la raidissaient le matin ?

Et on a, à certains égards, raison de s'interroger ainsi, postulant une cohérence entre le passé et le présent. Seulement, ce n'est plus sur ce qui était qu'il faut juger de l'impossibilité de ce qui est, c'est l'acte de pensée inverse, et pour paradoxal et douloureux qu'il paraisse, qu'il faut accomplir : ce qui est annule ce qui semblait avoir été. Ce qui advient est la vérité de ce qui est toujours advenu, dissimulé. Cela est vrai au moins dans les causes extrêmes, et belles pour cela, de la guerre et de l'amour, pour lesquelles d'ailleurs ce n'est pas en vain qu'on use du même implacable mot de trahison : celui qui abandonne son camarade sous le feu, celui qui le donne à la police ennemie, il l'a toujours déjà trahi, il a toujours été un lâche et une balance. Et des amants, celui qui soudain abandonne l'autre renversé et rompu dans la poussière, comme un guerrier mort de l'*Iliade*, c'est et ç'a toujours été un fils de pute ou la grande catin de Babylone. C'est ainsi.

Telle fut en tout cas mon éducation sentimentale. J'étais jeune, je l'ai dit. Mais je ne connus plus que des filles d'escale. Cela ne veut pas forcément dire des prostituées, et même c'en était rarement : simplement, elles n'attendaient pas qu'on leur racontât des histoires. Quelque faculté en moi de croire et de faire croire s'était irrémédiablement perdue. J'eus ainsi des amours taciturnes, échelonnées entre Port-Saïd et Lourenço Marquès. L'une d'elles fumait la pipe, une autre possédait un python apprivoisé, à une troisième il était arrivé de lire une traduction anglaise des *Liaisons dangereuses*. Ce sont des souvenirs. Et puis il y eut ma fiancée des épaves. Je me fis moins exigeant sur le chapitre du bonheur. En somme, j'avais vieilli prématurément tandis que A., c'est ce qui l'avait perdu, était demeuré jusqu'au bout un vieil adolescent.

10

J'avais pris une chambre dans un hôtel de demi-luxe du quartier Latin. Pas une rue alentour, pas un arpent de trottoir qui ne me rappelât les années anciennes, et en même temps à quel point elles étaient loin, devenues presque aussi fabuleuses que les jours de la Commune ou de Juin 1848. Le maillage des rues était resté le même, jalonné par les mêmes repères cardinaux, fontaine Saint-Michel, Sorbonne, théâtre de l'Odéon, jardin du Luxembourg, Panthéon et bibliothèque Sainte-Geneviève, Ecole normale supérieure... Et, à l'intérieur de cette géométrie, il semblait que tout eût été minutieusement démonté et remplacé, pièce par pièce, par du neuf et du toc. Là où je me souvenais d'une librairie, il y avait une boutique de prêt-à-porter, un vieux café avait cédé la place à un fast-food, les portes qui autrefois ouvraient sur la fraîcheur des cours étaient toutes, dorénavant, électriquement cadenassées. Or ça n'était pas rien, les cours : on s'y protégeait de la police, on s'y cachait pour échanger les caresses indiscrètes qu'appellent les premiers baisers, on y flânait, tout simplement. Il n'était pas jusqu'aux petits restaurants minables des abords de Saint-Séverin qui, tout en restant petits et minables, ne fussent devenus des cantines à touristes.

Le Paris dans lequel nous avions grandi était encore proche de celui du début du siècle, on y voyait des flics en pèlerine s'époumoner dans des sifflets à roulette et des autobus à plate-forme démarrer quand le receveur tirait la chaînette de ce qui ressemblait furieusement à une chasse d'eau. Le métro avait des wagons rouge et vert et des bancs en lattes de bois qui avaient quelque chose de balnéaire, le conducteur, au milieu de bouquets d'étincelles, abaissait des manettes à poignées de porcelaine, dans les tunnels il était écrit Dubo Dubon Dubonnet, il y avait des poinçonneurs sous des voûtes de faïence blanche, et des facteurs à vélo, et des remorqueurs sur la Seine comme sur un tableau de Marquet. Les pavés faisaient les rues écailleuses comme des sardines, des usines, aspirant et recrachant des flots de prolétaires en bleus, bombaient leur dos de dragons en pleine ville, qui était à la fois plus industrielle et plus rurale, car je crois bien aussi qu'il y avait plus d'arbres, et les fontaines Wallace faisaient entendre le murmure de l'eau sur les placettes. La Seine ne coulait pas encore entre des autoroutes, les périphériques n'avaient pas enfermé les vingt arrondissements dans une arène de béton.

Il se peut que mon isolement, la pente sur laquelle roule désormais mon âge, me portent assez banalement à me remémorer avec une complaisance excessive ce que le temps a effacé. Néanmoins, ce n'est pas une vaine nostalgie, je crois, qui me fait évoquer ces choses. Il était inévitable qu'elles me frappent alors que je retrouvais ces lieux après une absence d'un quart de siècle, mais si elles viennent sous ma plume aujourd'hui que j'en suis loin de nouveau, et à jamais sûrement, écrasé sous le marteau-pilon du soleil d'Afrique, c'est parce qu'il me semble qu'elles eussent dû figurer, de quelque façon, dans la lettre que je m'efforce, le plus scrupuleusement possible, de reconstituer. Car ce paysage d'un Paris de photographies en noir et blanc, que l'éloignement rend brumeux, lui l'avait connu, il en avait été formé, façonné, et elle pas. Et ce n'est pas en l'occurrence le paysage lui-même qui compte, mais l'histoire qui vibre à l'intérieur de ses lignes, de ses surfaces, l'écho qui en résonne dans ses volumes – ce que la figure matérielle d'une ville retient et exprime de l'esprit d'une époque. Dans le Paris de notre jeunesse, qu'il existât un peuple était une chose qui pouvait encore se soutenir. Des noms comme ceux de Péguy ou de Marc Bloch, de Jacques Decour ou de Jean Cavaillès n'étaient pas encore devenus complètement incongrus. Et ce n'est pas dire que nous fûmes à la hauteur de ces noms-là : mais simplement qu'ils signifiaient quelque chose pour nous, qu'ils faisaient partie éminente de notre culture. Marchant au hasard des rues, observant vaguement les gens et surtout, le soir, désœuvré, regardant machinalement ce qui était devenu le grand paysage à la fois universel et intime, la grande bâche chatoyante des images étendue partout et repliée dans chaque recoin, égalisant et masquant tout, je comprenais peu à peu, mais de façon indubitable, que tout cela était fini, qu'il n'était plus question d'histoire, ni de morale, ni même sérieusement, à vrai dire, de politique : que ces vieilleries nous dataient plus sûrement que nos cheveux grisonnants.

Nous ne devons pas dire, comme Péguy, que nous fûmes des héros. Ça n'est pas vrai, parce que notre passion fut dévoyée, que la volonté noble que nous avions de nous jeter dans le flot de l'histoire fut corrompue de bêtise, et qu'il n'y a pas en vérité de héros imbécile. L'abnégation, le courage qu'il y avait à s'inscrire dans une tradition furent perdus par la sottise qu'il y a aussi à respecter, à rabâcher une tradition. L'austérité partagée, la gravité naïve n'absolvent pas tout. Les libertés de parler, de lire, d'écrire, de juger, d'aimer, de se déplacer, de choisir, rien de ce qu'un usage un peu plus long et réfléchi du monde nous a appris à estimer n'était épargné par nos étranges fureurs. Je n'oublie pas que nous avons commencé notre vie d'adultes en élisant, de préférence à tous les autres, le droit à l'erreur. Nous n'étions pas les premiers, certes, mais ces idoles terribles que d'autres, avant nous, avaient adorées n'étaient plus, lorsque à notre tour nous leur offrîmes des sacrifices (et d'abord celui de notre intelligence), que ces dieux dégénérés, minables et mafieux que Borges évoque dans le conte intitulé *Ragnarök*. Le paradoxe inaugural de nos vies, celui qui les aura marquées d'un sceau indélébile, et peut-être d'une malédiction dont nous ne nous déferons plus, c'est d'avoir mis tant de vertu au service d'idées si férocement vétustes. Nous ne devons pas dire que nous fûmes des héros, jamais, nous devons railler ceux qui disent cela et leur faire honte de leur jactance, et leur démontrer qu'elle est la preuve de la fausseté de ce qu'ils avancent, mais nous ne devons pas oublier non plus qu'il y eut parmi nous une aspiration aveuglée à l'héroïsme, ou à la sainteté, qu'on appelle ça comme on voudra : ni laisser dire qu'il n'en fut pas ainsi. Et ce que nous pouvons affirmer en revanche avec l'auteur de *Notre jeunesse*, parce que les meilleurs d'entre nous le ressentent encore, et davantage chaque jour (les pires, les pitres, laissons-les, ils ne nous intéressent pas), c'est que nous sommes en ces années-là entrés dans le royaume d'une incurable inquiétude. Que nous avons pour toujours renoncé à la paix et spécialement à la paix qui, en cette fin de siècle, s'achète au supermarché.

J'ai dit que je m'efforçais de reconstituer le plus fidèlement possible la lettre suspendue de mon ami. Il est difficile de définir précisément en quoi consiste ce scrupule, tant il semble qu'un message qui ne comporte que les deux mots de l'en-tête soit susceptible de se prêter avec une égale vraisemblance à n'importe quelle interprétation. En vérité, il n'en allait pas ainsi. Qu'il ait songé à m'écrire la veille de sa mort, à moi qu'il n'avait plus revu depuis près de vingt-cinq ans, qu'il y ait finalement renoncé, chacun de ces faits avait une signification qui restreignait la gamme des restitutions possibles. Il voulait évidemment m'expliquer les raisons de son geste, lesquelles, au-delà de l'abandon qui en était la cause principale et dernière, devaient avoir aussi quelque rapport avec cet inassouvissement, cette intranquillité qui nous liaient à travers les années. Et il fallait que ces raisons fussent extrêmement compliquées à démêler pour que sa plume ait bronché après ces deux mots absolument banals de « Cher ami », et qu'enfin il se soit résolu au silence.

Le mystère que j'avais à résoudre s'apparentait à un problème d'échecs un peu particulier dans lequel, ignorant la position de quelques-unes des principales pièces, j'eusse dû reconstituer cependant la marche exacte des coups menant au mat. Réfléchissant seul, dans ma petite chambre d'hôtel du quartier Latin, la solution que j'échafaudai était la suivante : cette très jeune femme dont je ne savais presque rien de sûr en dehors de la beauté éburnéenne, de la vêture noire et blanche, et du fait qu'elle eût toujours, en dépit des années et de l'amour éclatant que l'un et l'autre évidemment s'étaient porté, cultivé l'impression d'être seulement de passage chez A., celle enfin que j'appelais la disparue avait aimé mon ami pour les mêmes raisons qui l'avaient convaincue ensuite de l'abandonner, au risque de le faire mourir. Ou encore : ce qu'elle avait trahi et assassiné chez lui, c'était précisément ce dont elle avait d'abord été éprise. Elle l'avait aimé comme quelqu'un qui venait d'un autre monde, d'un autre temps plutôt, où existaient une chose, une force énorme dont elle n'avait qu'une très vague idée et qui se nommait l'histoire, et aussi les blessures que sa marche imprévisible laisse toujours dans les âmes : et si énigmatiquement burlesque que celle que nous avions vécue fût devenue à nos yeux ; mais cela, elle ne pouvait le comprendre, ni du même coup ce qui pour nous continuait à lier indissolublement la fidélité au sarcasme.

Elle avait aimé cette étrangeté un peu dramatique qui la transportait si loin du monde frivole, instantané, narcissique où elle avait l'habitude de se mouvoir : car elle, elle était de ce temps-là où il n'y avait plus de temps, rien qu'un présent scintillant, pas de cause ni de parti philosophique ou moral, pas de drame qui fût plus affreux que la mort d'un chat persan. Elle était de ce côté, de ce paysage-là que rendait manifeste le Paris inconnu de moi, marchand, clinquant, moderne et à la mode, à travers lequel je passais comme un étranger : où chaque lieu semblait sa propre représentation dans la vitrine d'une agence de voyages, chaque personne s'efforçait de coïncider avec l'image que lui proposait cette technique de l'éphémère qui était devenue la pensée majeure de l'époque.

Et ce n'était pas seulement du côté de l'histoire qu'il venait, mais encore de celui de la littérature : autre puissance mystérieuse, autre sortilège dont les prestiges redoublaient les premiers et que l'époque avait, non moins que l'histoire, chassé de sa liturgie. Dans le Paris disparu de notre jeunesse, on pouvait aussi rencontrer le fantôme à tête d'Arsouille d'Apollinaire errant sans avoir le cœur d'y mourir, chapeau cabossé et nœud pap de travers, ou celui de Breton croisant, sous les grands arums du ciel, un visage qu'il craignait follement de ne jamais revoir. Et de tous les jeunes passants rêveurs de ces années-là, A. avait été un de ceux qui avaient cru en cette apparition, la littérature, au point d'y consacrer ensuite ce peu de choses que chacun possède, et qui est sa vie. Elle, la disparue, avait aimé ces origines fabuleuses qui la portaient si loin du monde prosaïque auquel elle était accoutumée, si loin même de ce qu'elle était en fin de compte car, avec son apparence diaphane d'ange ou de succube, elle n'était nullement étrangère à cette platitude, à cette épaisseur du présent. Et lui de son côté avait été séduit, fasciné non seulement par sa beauté, mais par cette juvénilité, cette limpidité apparente qu'elle lui offrait. Il avait cru, le pauvre fou, pouvoir s'y désaltérer comme dans une eau fraîche. Il avait été habité par l'illusion qu'elle lui donnait comme un nouveau baptême de la vie. Il avait pensé s'y retremper, renaître, puis, comme beaucoup d'hommes idéalistes, il s'était imaginé pouvoir l'amener progressivement de son côté à lui, l'éduquer en quelque sorte, lui apprendre cette chose dont elle était au fond si ignorante, l'existence : mais une existence qui fût – car il n'en concevait pas d'autre – sous le double ascendant de ces puissances orageuses de l'histoire et des lettres.

Quand le cours jusqu'alors uni de deux vies se déchire, il n'y a jamais de parti exempt de toute faute. Elle, qui était supposée être du côté de la candeur, avait été, involontairement peut-être, machiavélique, et lui, dont on eût attendu que l'expérience l'instruisît, étonnamment naïf. Car s'étant d'abord ouverte à des mystères qui la charmaient, s'étant grisée de la profondeur romanesque qu'ils creusaient un moment dans ses jours, elle y avait discerné aussi très tôt, et sans doute dès le début, des énergies qui lui échappaient – or elle n'aimait être subjuguée que passagèrement – et des maléfices qui menaçaient son confort, en quoi on lui avait appris à reconnaître le souverain bien. Et lui, qui avait imaginé sinon d'échapper à la gravité du monde, du moins de l'adoucir et même de la comprendre et la supporter avec plus de sagesse dans une compagnie innocente et tendre qui lui en rendît le fardeau moins lourd, s'était retrouvé dans une solitude plus désolée que tout ce qu'il avait connu jusqu'alors. C'étaient toutes les anciennes défaites qu'il avait voulu, avec beaucoup de présomption et un peu de lâcheté peut-être, oublier dans l'amour confiant d'un corps et d'un esprit neufs qui revenaient l'accabler, accrues, multipliées, figurées à jamais par ce pur visage exterminateur. Et il était possible qu'elle eût continué quant à elle de l'aimer mais comme on aime un objet qui, sans être une chose inerte, vit tout de même d'une vie différente, diminuée : le souvenir d'un mort, un tableau, un livre, une musique. Il était possible qu'elle eût aimé ses yeux, mais non comme un feu inquiet et vivant, plutôt à la façon d'ailes de papillon clouées au liège, belles et changeantes, et qu'un geste d'une main inattentive réduit en poudre. Ils étaient, chacun dans son âge, comme les deux lèvres d'une plaie qui, au lieu de se cicatriser pour ne plus former qu'une chair unie, se fût ouverte et écartelée.

11

Je ne sais pas si je parviens à faire comprendre ces glissements du cœur, ces éboulis de la fortune que je concevais alors avec netteté. A moi-même, à présent que j'ai redescendu l'échelle des parallèles jusqu'au rivage brûlant où je finirai mes jours, très loin de tous les Paris réels ou imaginaires, ces choses semblent moins assurées : de nouveau la lettre ultime de A. se brouille, les caractères reconstitués se confondent jusqu'à disparaître presque. Ai-je rêvé tout cela ? Certains soirs où, en tête à tête avec ma lampe à kérosène, dans la nuit où montent les gémissements des torturés de la case B, j'ai bu trop d'alcool frelaté, il m'arrive de penser que je suis A., que nous ne sommes pas deux personnes distinctes mais deux états, deux étapes du même homme, que Port-Soudan n'est qu'une version, une déclinaison infernale de Paris. Avec le temps, j'ai fini par me former de la disparue une image qui n'est pas moins précise ni moins charnelle que ce que l'oubli laisse subsister d'une femme réellement connue. Je puis croire que j'ai croisé il y a longtemps son regard d'inhumaine, que nous avons dîné dans un restaurant du quartier Latin, qu'elle m'a suivi chez moi, que pour ne pas l'effaroucher j'ai passé des nuits d'abord à ne lui faire, très doucement, très délicatement, très longuement, que des baisers dans le cou, là où la peau est si délicate et parfumée, entre l'oreille et la clavicule. Je puis croire que je l'ai menée par la main le long de grèves mouillées, à la tombée du jour, dans la fumée rose des embruns, que nous avons fait l'amour dans maints endroits dont une chambre sur les murs de laquelle le reflet des vaguelettes faisait danser des ondes lumineuses. Je puis croire qu'elle a plongé sans hésiter, sans que tremble sa faible main, l'épée dans mon garrot. Toutes ces choses sont maintenant mon bien, mon mal plutôt – que je les aie vécues ou que je les aie, avec la fidélité due à un ami, reconstituées.

Laissons cela.

Lorsqu'elle me parlait de ces froides matinées durant lesquelles il nourrissait les oiseaux, Ouria avait évoqué la figure d'un vieux solitaire dont A. lui avait incidemment parlé, un de ces maniaques ornithophiles qu'on voit dans les jardins publics, constellés de chiures, environnés d'un ballet de plumes excitées, tendre au bout de doigts rougis des pincées de graines ou de miettes. Un jour qu'un vent glacé soufflait du nord, balayant les nuages d'un ciel de cobalt, il advint que je me promenai dans le Luxembourg. Les arbres dépouillés, zébrant le grand mur bleu, semblaient des nerfs à vif, brûlés, calcinés. A l'extrémité des scions de marronniers, cependant, on voyait déjà se gonfler les petits glands carmin et laqués des bourgeons : et, les ouvrait-on, on y découvrait l'ébauche d'une feuille incroyablement menue, serrée, poisseuse, qui attestait la fragile mais inéluctable certitude de l'avenir, d'un avenir non humain. Les ombres étaient longues et pâles, le soleil bas faisait fourmiller d'étincelles l'herbe rase, des éclats fulgurants jaillissaient des vitres à l'entour du parc. Au milieu du bassin gelé, le jet d'eau faisait une aigrette de cristal.

Il ne se trouvait presque personne pour affronter la bise, les allées étaient désertes, je repérai de loin, adossé à la balustrade en face de la statue de Laure de Noves, l'ami des oiseaux. Chapeau noir, écharpe marron, canadienne, pantalons de velours et grosses galoches ; des traits émaciés, des yeux d'escarboucle, du guano dans la barbe. Il était en train de déballer ses provisions de bouche, ou plutôt de bec, croûtons et saindoux, lorsque je l'abordai. Je compris bientôt que cet homme ne jugeait ceux qu'il serait exagéré de nommer ses semblables qu'en fonction non seulement de l'affinité qu'ils éprouvaient pour les volatiles, mais de la ressemblance qu'à ses yeux ils montraient avec eux (il avait l'air, quant à lui, d'un vieux faucon passablement déplumé). Il dut me rattacher mentalement à une quelconque espèce ailée, car il ne fit guère de difficulté pour me parler, cependant qu'autour de nous battaient quantité de petits éventails voraces. Le fait que je ne me formalise pas des diarrhées blanchâtres dont me gratifièrent quelques-uns de ses compagnons acheva je crois de me le gagner.

L'ami des oiseaux ne s'intéressait aux péripéties humaines que pour autant qu'elles prissent place dans les mouvements plus amples et plus minutieux à la fois de la nature. Installé tous les jours, sauf lorsque la pluie était trop forte, à son poste de guet, ce qu'il voyait bouger, changer, et avec une précision extraordinaire, c'étaient les feuilles, la lumière, les nuages, les conséquences que toutes ces altérations avaient en fin de compte sur l'apparence et l'humeur de ses protégés. Les hommes ne faisaient que traverser par hasard son champ visuel, y ajoutant la plupart du temps des agitations superflues, ce qu'en sciences on nomme du bruit. Il ne les enregistrait dans ses annales qu'en fonction de leur intérêt ornithologique. Tel avait effrayé des moineaux, telle autre avait des yeux faits comme ceux d'une sittelle, etc. Quant aux oiseaux, il faut d'ailleurs savoir qu'il distinguait très strictement les marcheurs, qu'il avait en abomination, des sautilleurs, qu'il chérissait. Les marcheurs étaient ceux qui se déplaçaient au sol à la façon des humains, en avançant pesamment un pied devant l'autre : pigeons, corbeaux et pies essentiellement. Ceux-là n'étaient que des espèces de petits dinosaures ratés, des balourds, des obtus. Qu'ils sussent voler, cela ne pouvait se nier, mais il s'agissait en quelque sorte d'une erreur ou d'un sarcasme de la création. Manifestaient-ils leur intention de s'inviter à ses agapes qu'il les chassait sans ménagements. Il faisait toutefois, dans cette catégorie infâme, une exception en faveur des oiseaux aquatiques, canards et mouettes rieuses, qui certes se déhanchaient aussi ridiculement que les autres lorsqu'ils foulaient les gazons, mais retrouvaient leur élégance, et même le raffinement d'un double reflété, une fois posés sur l'eau. Les vrais oiseaux néanmoins étaient ceux qu'agitaient des secousses incessantes, comme s'ils eussent reçu des décharges électriques dans les pattes, et qui sautillaient à pieds joints : moineaux, mésanges, rouges-gorges, pinsons, verdiers, accenteurs mouchets, sans parler des pouillots véloces et autres bruants zizis dont il s'indignait d'ailleurs fort que les ouvrages faisant autorité ne les signalent qu'au bois de Vincennes quand lui en avait rencontré et nourri à plusieurs reprises, le printemps venu, dans les abords immédiats de Laure de Noves.

S'il avait gardé le souvenir de A. et de la disparue c'est parce que cette dernière, si fragile et gracieuse, si timide apparemment, si noire et blanche, lui évoquait une mésange nonnette – qu'il ne fallait pas confondre avec la charbonnière, tellement plus commune et effrontée. Quant à mon ami, il n'avait été longtemps qu'un type qui accompagnait une mésange, mais l'absence de celle-ci l'avait tôt transformé en une sorte d'échassier malade – disons, un héron mazouté. Mêlant inextricablement des anecdotes de la vie humaine, des circonstances de l'existence plus vaste et en quelque sorte plus flegmatique du parc, des onomatopées, sifflements, pépiements, trilles, babillements, cliquètements, à l'intention de ses interlocuteurs privilégiés, ses propos étaient quelque peu difficiles à suivre. Il se souvenait d'un rendez-vous dont il avait été le témoin, un jour de printemps – des rayons de soleil soulevaient comme des leviers étincelants des nuages aussi lourds et sombres que des pierres tombales, une averse violente avait éclaté peu de temps auparavant, laissant flotter dans l'air une odeur de terre et d'herbe mouillées, le zinc des toits brillait, un bout d'arc-en-ciel fusait du côté des tours de Saint-Sulpice. Il l'avait attendue dissimulé derrière une sorte de guérite de bois au toit pointu, festonné de dentelures comme celui d'une isba, et qui se dressait au bout de l'allée servant de piste aux autos à pédales : la voyant venir de loin, s'amusant des regards qu'elle jetait alentour, de la déception qui, à ne pas le découvrir, fronçait légèrement l'arc de ses sourcils, ombrait l'ivoire lisse de son visage : s'en amusant et en jouissant, car ce déplaisir allait accroître la joie des retrouvailles. Sans doute ne s'étaient-ils pas vus depuis quelque temps. Elle portait un gros anorak frileusement fermé, un jean, des bottines, des gants noirs : entièrement noire avec seulement la lumière de ses yeux, de ses dents, de ses lèvres pâles, d'un rang de petites perles qu'on devinait à son cou. Au dernier moment il s'était démasqué, avait bondi sur elle qui tapait des pieds de frayeur, et ils s'étaient tenus embrassés longtemps, étroitement, passionnément, comme deux que rien ne pourrait jamais séparer que la mort.

Je dis, j'écris cela d'après les paroles de l'ami des oiseaux. Et je suis sûr qu'en l'occurrence elles correspondent à ce que pensait A., et peut-être même à ce qu'elle croyait penser, elle. Il est étrange de constater combien les hommes, même les moins absurdes, se font des illusions sur la gravité de leur vie. A l'instant où ils se tenaient l'un à l'autre noués sous les candélabres blancs et roses des marronniers en fleurs, elle l'avait déjà trahi en son cœur puisqu'elle le trahirait un jour, que ce ne serait pas l'épée de la mort qui les séparerait, mais la platitude de la vie bourgeoise. Dès l'instant qu'ils s'aimèrent, dans toute la force, l'excès de leur amour, le dégradant, le niant secrètement, il y avait cette semence de vulgaire trahison, puisque enfin cela advint : et que ceux qui ne comprennent pas ce que je dis, et je sais qu'il n'en manquera pas, me pardonnent, mais c'est l'idée peut-être trop extrémiste que je me forme de la passion.

Ce jour-là sous les arbres printaniers dont finissait de dégoutter la pluie, sous les frondaisons que la vigueur de la sève faisait paraître presque noires, où l'orage avait semé des perles brillantes, ce jour-là et tous les autres jours, ce qu'il pensait follement étreindre à travers le corps léger de la femme aimée c'était la promesse d'une vie renouvelée, rejaillissante, assez forte et neuve pour tarir la montée de la mort en lui : quand elle était ce par quoi la mort allait faire son œuvre, et bien avant le jour où elle le prendrait en effet : l'emportant lentement, inexorablement, en une saison, comme la sécheresse puis la pourriture s'emparent des feuilles selon les nervures par quoi elles se sont d'abord dépliées.

12

L'ami des oiseaux avait assisté à la descente de A. aux enfers, mais de loin, avec une sympathie distraite. C'était pour lui un événement qui prenait sa place minuscule dans le grand drame, autrement significatif, du déclin de la lumière. Ce promeneur que semblait réduire en cendres, jour après jour, un bûcher brûlant lentement à l'intérieur de lui n'était qu'un personnage marginal de la vaste altération climatique : il était comme tout le reste, et ainsi que le dit le vers de notre cher Guillaume, « soumis au chef du signe de l'automne ». Un jour il n'avait plus vu à ses côtés la femme-mésange. C'était vers le temps où sous les pas roulaient les marrons à l'éclat d'acajou sortis de leurs bogues ouvertes, charnues, à l'intérieur tapissé d'une blanche peau satinée. Un mince liseré couleur de feu avait commencé à ronger les feuilles des marronniers dont les lobes étaient encore, au centre, d'un vert profond cerné de jaune cadmium. Des pièces d'or pâle miroitaient dans les ramures ogivales des tilleuls. La poussière de l'été flottait encore dans les allées où couraient les enfants, où résonnaient leurs cris, où les moineaux s'ébrouaient, ailes vibrantes, plumes ébouriffées. On voyait s'amonceler au crépuscule de beaux nuages nimbés de cuivre.

Plus tard, la couleur éclatante de la mort gagnerait le limbe, les feuilles se détacheraient et tomberaient en décrivant dans l'air brumeux des glissades, des voltes semblables à celles que font les avions de papier que lancent les écoliers. Des coups de vent d'ouest, poussant des voiles de pluie, feraient ronfler les hautes branches comme des mâtures. Les mouettes planeraient, ailes déployées, presque immobiles, sous le défilé des nuages bas, gris et doux. Tout le parc flagellé par la tempête prendrait des aspects océaniques. On le verrait marcher seul, mains croisées dans le dos, ou bien enfoncées dans les poches, légèrement voûté, yeux à terre, par les allées mouillées. Comme un marin débarqué, pensai-je, que rend mélancolique le souvenir de la houle portant, puis abandonnant, puis reprenant son corps : ployé, déployé, battant comme un cœur au rythme de la grande pulsation des eaux. Inerte désormais. O mort, vieux capitaine.

Les lendemains, des tourbillons de feuilles se lèveraient brusquement sous les arbres plus noirs, plus dépouillés : couleur de tabac celles des marronniers, de citron et de perle celles des tilleuls, celles des platanes plus polychromes, allant d'un vert raisiné au rouge sang-de-bœuf. Et ni les mouvements, cabrioles et cavalcades qu'elles faisaient au ras du sol, ni les sons qu'elles rendaient n'étaient les mêmes, il s'en fallait de beaucoup, m'expliquait l'ami des oiseaux : les feuilles dentelées de platane, plus roides, plus fortement nervurées, faisaient une sorte de crissement rêche tandis que la douceur duveteuse des feuilles de tilleul laissait entendre des sons plus sensuels de soie froissée. Et leur odeur, non plus, n'avait rien de commun : thé moisi, papier brûlé, poivre cassé, un passereau, certes, ne s'y fût pas trompé. Son visage, la force de son visage, les nervures qui le structuraient, se défaisaient au fur et à mesure que les arbres se dénudaient.

Des dômes de plomb et de neige s'élevaient puis se déchiraient dans le ciel que trouaient parfois des puits d'insondable bleu. Le soleil y fusait telle une comète. Les enfants portaient maintenant anoraks multicolores, écharpes et moufles, ils s'amusaient à donner des coups de pied dans les amoncellements de feuilles mortes, faisant jaillir des fontaines d'éclats mordorés. Il arrivait que le promeneur solitaire s'attardât un moment à les regarder, fasciné, sans doute, par le spectacle de cette vie turbulente dont il avait désormais la certitude qu'il ne la donnerait jamais, que la possibilité qu'elle sortît de sa propre vie et la continuât lui avait été, et pour toujours, refusée. Et pressentant sans doute aussi qu'il y avait là comme une condamnation contre laquelle il ne pouvait plus se révolter et dont même il était tenté d'admettre que quelque chose en lui, quelque faute cachée, oubliée, devait mystérieusement la justifier.

Plus tard encore les feuilles commenceraient à se fondre dans la terre, elles en prendraient la couleur d'un brun noirâtre, elles se fendilleraient, se couperaient, se cribleraient de trous, elles perdraient toute épaisseur et bientôt toute forme, devenant d'abord une résille puis une charpie fibreuse. On les verrait joncher le fond des flaques, y former une pourriture bleu ardoise sur le tain de laquelle défileraient les images du ciel jusqu'à ce que le vent, rebroussant l'eau, vienne les brouiller. D'autres, rares, dessineraient encore quelque temps, accrochées aux fourches noires des arbres, des figures palpitantes où l'on arriverait à discerner parfois, me dit l'ami des oiseaux, comme la silhouette d'un homme en flammes. La terre retournée des plates-bandes scintillerait, certains matins, de paillettes de givre. Il n'y aurait plus dans les vasques, le long des balustrades, que les fleurs jaune et mauve des chrysanthèmes. Le parc tout entier ressemblerait à un vaste cimetière. Le soleil blanc, bas, ne percerait plus que rarement le capiton de nuées. Lui serait toujours là à marcher, une écharpe noire nouée autour du cou, grillant des cigarettes. Un homme qui a été accoutumé à tenir à ses côtés son amour, me dit l'ami des oiseaux, lié à lui par le signe d'égalité des mains entrelacées, ou bien celui plus protecteur du bras passé autour de la taille ou de l'épaule, on le reconnaît toujours quand on sait observer : seul, il ne marche pas comme on le fait à deux, mais pas non plus comme un homme habitué à la solitude. Un corps manque dont l'empreinte invisible continue de se faire sentir, c'est comme s'il s'appuyait sur une absence, comme s'il allait aux côtés d'un fantôme. Il semble se tenir droit, pourtant une moitié de lui est arrachée, dont la perte le déséquilibre à jamais, pour qui sait voir les choses subtiles. Je sais de quoi je parle, ajouta-t-il, je n'ai pas toujours aimé que les oiseaux.

Un jour, les feuilles auraient été depuis longtemps ratissées et brûlées, les premières gelées seraient venues, il ne le verrait plus : ni aucun des jours qui suivraient.

13

Le cahier sur lequel j'écris est maintenant presque achevé. Je n'irai pas au-delà de la dernière page, le papier n'est pas ce qu'on trouve le plus facilement ici, et d'ailleurs j'ai l'impression d'être allé au bout de ce que je pouvais dire. J'ai essayé de m'acquitter de ce que je ressentais comme un devoir vis-à-vis de A. : donner à son amour mort, mais non enseveli, une sépulture de mots. J'ai voulu le faire comme il me semblait que lui-même l'aurait fait. J'ai tenté cette épreuve difficile, voire impossible, d'une fidélité imaginaire. Il se peut que je me sois trompé. Je ne le crois pas, du moins pas de beaucoup. Si lui-même avait eu le temps ou la force d'écrire, peut-être aurait-il eu pour elle des mots moins durs que je n'ai eus moi, car qu'il l'ait aimée jusqu'au bout, en dépit de la souffrance qu'elle lui causait, cela n'est que trop certain. Je suis sûr qu'il a lutté de toutes ses forces pour se retenir de la mépriser. Quelle fut l'issue de ce combat intérieur, cela, je l'ignore. Il se peut même qu'il ait continué à l'aimer tout en la méprisant.

Les esprits légers, ceux qui n'ont jamais éprouvé la violence extrême des sentiments, jugeront peut-être avec sévérité ou ironie son apparente faiblesse. C'est qu'ils ne connaissent pas le sacrifice complet que l'on fait de soi dans l'amour, ni ce qu'il y a de grand dans cette renonciation. Il y a toujours de la bassesse à accepter d'être dominé par qui fait de la contrainte l'instrument de son pouvoir. Il n'y en a jamais dans la reconnaissance de la dépendance amoureuse, parce que le principe de celle-ci n'est pas la crainte mais, selon l'enseignement que je relis de Platon, le noble désir de s'immortaliser, d'engendrer dans la beauté selon le corps et selon l'âme : et cette aspiration fût-elle bafouée, vaincue, ce qui est défait n'en est pas moins notre façon de participer au monde des dieux. Malheureux ceux qui ignorent cela, malheureuse elle, si elle ne l'a pas su, ou pis encore si l'ayant su, elle a voulu l'oublier : car elle n'y parviendra jamais, et cela la hantera, ou bien alors c'est que son âme est morte.

De ceux qui furent proches de nous, si je n'ai rencontré personne c'est parce que je ne savais plus où ils demeuraient. Trop de temps avait passé. Et quand je dis personne, ça n'est pas tout à fait exact. A force, juste avant de repartir, j'en vis un, qui exerçait la profession surannée de quincaillier. Avec ses cheveux presque blancs, il me parut être quelqu'un d'une génération plus ancienne. Je lui fis peut-être la même impression. Nous étions devenus nos propres pères, nous n'aurions pas de descendance. Il vendait des clous : nous nous amusâmes un moment à nous souvenir de l'usage que nous en faisions autrefois, les jetant sous les roues des cars de la police. Il m'apprit la mort d'un certain nombre d'entre les nôtres, il m'enseigna où A. reposait, je n'eus pas envie de m'y rendre. Sur sa fin, il ne savait rien que je ne connusse déjà, ou bien peut-être fut-ce par discrétion qu'il ne m'en parla guère, et il se peut aussi que moi, de mon côté, je n'aie pas souhaité en entendre plus. Nous éprouvâmes l'un face à l'autre, il me semble, l'émotion qui naît de la reconnaissance d'une vieille fraternité. Puis, il fallut nous quitter. Nous savions que nous ne nous reverrions plus. L'avenir n'était pas notre fort.

Je repris le chemin de ce que Nizan, un nom encore qui disait quelque chose à notre jeunesse, appelle assez justement le « profond canal des enfers ». Je n'avais plus rien à faire à Paris, nul lieu qui y fût mien. Je suis revenu à Port-Soudan. Je mourrai ici, c'est une affaire entendue : parmi les hangars chauffés comme des fours qui sentent le coton et la gomme arabique, les baraques de parpaings et de bois, les tas d'immondices sous le vol des vautours. Dans une rue poudreuse parcourue d'assassins aux yeux vitreux, ou bien sur cette mer de chaux vive et d'ossements que fait trembler le soleil. Il y a vers la sortie sud de la ville un abattoir sur le rivage, on y mène chaque jour des troupeaux de moutons et de chèvres faméliques, nourris de vieux papiers et de chiffons. De loin, on sent l'odeur d'urine et de suint, on entend les plaintes lamentables, le tintement des couteaux et des haches. Les déjections coulent à la mer par deux gros tuyaux. S'épanouissant comme le courant fangeux d'un estuaire, une nappe de sang rougit l'eau jusqu'aux environs du récif. Y flottent les dépouilles du massacre, têtes coupées, entrailles, peaux écorchées. Des requins aux yeux jaunes et immobiles de serpent promènent au milieu de cette boucherie des gueules béantes comme des gorges tranchées. Un de ces jours, j'irai peut-être nager par là, danser au bal des mâchoires.

La femme dankali a disparu. Ce sont je crois des hommes de Nimour qui l'ont emmenée. Ce qu'elle est devenue, je ne le sais, bien que je puisse l'imaginer. Je ne peux rien pour elle. Je ne peux rien pour moi. Je n'irai plus sur nos épaves. Au bout de l'allée de sable où se trouve ma maison, il y a sous les flamboyants un groupe d'anciens bâtiments des douanes britanniques, ocre avec des toits de tôle. Dans l'une de ces cases entourées de barbelés, on torture à la petite semaine, sans véritable conviction, plutôt par habitude, mais de bon cœur cependant. Pour être suspecté de collusion avec les rebelles du sud, il suffit d'être noir. Ainsi les bourreaux n'ont que l'embarras du choix : cette facilité ôte sûrement beaucoup d'intérêt à leur travail. Ils ne se gênent nullement pour traîner en plein jour les corps de leurs victimes, une corde passée autour des pieds, jusqu'aux vieux camions soviétiques « GAZ » qui les emmènent ensuite je ne sais où. On prétend qu'ils les donnent à manger aux requins. Dans une autre case vit Nimour au milieu de ses femmes. Dans une autre encore, ses gardes du corps. A l'aube, avant que ne résonnent dans les haut-parleurs les appels du muezzin, ils me réveillent en tirant de longues rafales de pistolets-mitrailleurs contre le ciel viride. C'est leur manière à eux, semble-t-il, de saluer Dieu. Ce sont mes voisins.

Vingt ans d'Afrique m'ont habitué à ne pas considérer la magie comme une chose extraordinaire. L'alcool y aide peut-être aussi. Dans la nuit où montent les gémissements des torturés de la case B, les yeux fascinés par l'étoile grondante de ma lampe à kérosène, je me laisse glisser dans la pensée que si j'ai prêté à mon ami les mots qu'il avait d'abord voulu m'adresser, c'est que j'ai en quelque sorte mangé son âme, comme on dit ici, et qu'il revit en moi sur ce rivage où la vie et la mort s'échangent comme des pièces de monnaie, et qui ressemble si fort à l'enfer. Ou bien peut-être n'est-il pas vraiment mort, pas plus que moi je ne suis pour de bon vivant à Port-Soudan, cette ville qui paraît une sinistre farce, bien que les *Instructions Nautiques* en donnent les coordonnées géographiques : 19° 36' Nord / 37° 14' Est : et nous serions tous deux frères dans les limbes ? Après tout, je n'ai rencontré et entendu que des comparses, personne qui ait vu son visage de cire, la mâchoire retenue par un bandage, reposant sur le capiton du cercueil. Ainsi ce qu'une main tremblante achève d'écrire sur ce cahier, ce pourrait être l'ultime lettre à la disparue, celle qui après tant de silence n'attend plus de réponse, pas même d'être lue : ses yeux d'ailleurs, quelque spectacle qui s'y reflète, ne sont plus ceux que nous avions cru connaître et tant aimés, ni son esprit ni son cœur, à quelque objet qu'ils s'attachent, ceux dans lesquels nous avions rêvé de trouver la paix. Des gouttes de sueur tombent de mon front, parsèment le mauvais papier de taches vitreuses dans lesquelles l'encre se ramifie délicatement, comme un nerf petit à petit arraché, ainsi qu'on déracine précautionneusement une plante fragile, faisant tomber la terre, grain après grain, de chaque pâle radicelle. De l'espoir que nous avions eu d'aller vers le monde des dieux en engendrant dans la beauté, il ne subsistera que ce pauvre témoignage. Au moins l'aurons-nous rendu.

Je me souviens des jours heureux : ils sont loin comme ce Paris froid et brumeux, comme l'histoire, comme le temps où nous nous sentions forts, en dépit de tout, comme l'espérance et l'amour, et l'illusion que tout pouvait arriver. Je me souviens de A. : il était un autre moi-même. C'est l'ami aux si douces mains dont chaque matin nous sépare Adieu voilà votre chemin les coqs s'épuisaient en fanfares. Je me souviens que nous avons veillé si longtemps sur le pont des reviens-t-en que nous ne discernions plus les rives ni l'eau ni le ciel, ni qui était qui, ni vers où coulait le fleuve, ni si nous étions encore en vie ou bien déjà ailleurs, vieux veilleurs de nulle part, incorrigibles rêveurs. Nous n'avons jamais très bien su, et ce fut apparemment notre faute, dans quel monde nous étions. Je me souviens d'avoir attendu comme lui avec mon cœur avec mon âme. Je me souviens de choses infimes (les autres, nous ne les dirons pas), de marches au crépuscule sur la plage, de coquillages craquant sous nos pas, d'un grand cœur qu'un jour elle avait dessiné sur le sable, du reflet des vaguelettes sur le mur d'une chambre, d'une écorchure qu'elle se fit sur un rocher, des trains ferraillant dans les soirs mauves où nous l'attendions, de son visage sous ma paume lorsque je conduisais, je me souviens qu'elle aimait prendre des bains très chauds, très longs, dans l'obscurité, immobile, silencieuse, que j'entrouvrais brusquement la porte et que cela la faisait sursauter de frayeur, je me souviens du ciel qui roulait des tourbillons bleus sur les champs de blé laineux, des roses blanches que les pluies d'orage avaient fait rouiller dans le jardin cependant qu'un commissaire-priseur faisait à voix haute l'inventaire de la maison où un ami était mort, d'une rivière dans un pays en guerre au-delà de laquelle, sur une colline, il y avait un hôpital, et dans la morgue couverte de fibrociment de cet hôpital où des ambulances et des taxis déposaient des types en treillis couverts de sang, le corps froid d'un autre ami, c'était le temps impitoyable qui passait, et je me souviens du repos, de la paix que nous cherchions auprès d'elle après tant de deuils, que nous croyions alors trouver en elle, dans l'anse de ses bras minces, en ses purs yeux graves qui n'avaient jamais vu de cadavre. Je ne verrai jamais l'ombre que fera passer sur eux la connaissance enfin de la vraie douleur, ou bien au contraire l'éclat fiévreux qu'elle y allumera. Je ne sais même pas si elle apprendra ma fin, si cela lui causera de la peine.

Je me souviens du temps où elle me trouvait des yeux de tigre. Burning bright in the forests of the night. Je me souviens d'un pique-nique que nous fîmes au bord d'un canal, près d'une écluse, et ce jour-là nous étions gais l'un et l'autre, d'un dîner paisible au bord d'un lac que l'interminable crépuscule du mois de juillet faisait rayonner comme du vieil argent. Je me souviens de la souffrance que nous éprouvions à la voir si inexplicablement, si désespérément triste en dépit de notre amour. Je me souviens de la peur qu'elle éprouvait de tout, et même de nous. Je me souviens de son corps frêle, de ce qui restera, entre le sien et le nôtre, à moins qu'elle ne les ait déjà vendus comme elle m'a vendu, et c'est bien possible, nos pauvres secrets, d'une jupe à carreaux noirs et blancs tournant dans le soir. Je sais que je l'ai aimée comme personne, avec un cœur plus confiant, plus naïf que je n'ai jamais eu, moi qui croyais être empli de doutes, et que je n'eusse dû sûrement avoir, avec aussi toutes mes faiblesses, ce qui fait qu'on est un homme et non un prince de conte de fées, et je crois que personne ne l'aimera comme nous. Je sais qu'elle n'a pas la moindre idée de ce que « nous » veut dire, de comment on peut être « je » et « nous », et plus fortement l'un parce qu'on est aussi l'autre, et que beaucoup de notre histoire, et sa fin probablement, vient de là : de cette ignorance. Je sais qu'elle ne comprendrait pas ce que je dis, et même si ma mort lestait mes mots de tout le poids de ma chair : je ne crois pas qu'elle serait, qu'elle sera pour moi une tendre Pietá. Trop moderne, contrairement à ce que j'avais cru.

Je me souviens de A., je lis et relis ce que Conrad écrit de Lord Jim, un des livres qui ne me quittent pas ici, qui m'accompagnent depuis des années, corné, jauni, annoté de réflexions que plus d'une fois, je dois le reconnaître, m'a inspirées l'ivresse, à la reliure cassée, aux pages maculées de moustiques écrasés et de chiures de cafards, tachées d'alcool, de sueur et, je le crains bien, de larmes, mais qui constitue un de mes derniers liens avec le monde où il existe encore, pour peu de temps sans doute, des livres : c'est-à-dire de la douleur transcrite en lettres sur du papier et non, comme ici, directement gravée dans la chair : « Tout ce que Stein lui-même trouvait à m'en dire, c'est que c'était un romanesque. Et moi, tout ce que je savais, c'est qu'il était l'un de nous. De quoi se mêlait-il, en étant romanesque ? Si je vous parle autant de mes sentiments instinctifs et de mes réflexions brumeuses, c'est qu'il ne me reste plus grand-chose à dire de lui. Il existait pour moi et somme toute, c'est par moi seulement qu'il existe pour vous. » Ce bouquin ira peut-être, avec *Le Banquet* et quelques autres, orner la case de Nimour, lorsqu'il aura fini par avoir ma peau : au milieu d'un étalage de crânes, de coutelas et de cartouchières. Les brutes, même sous ces climats, n'aiment rien tant que paraître lettrées. Ce serait amusant.

C'est par moi seulement que les derniers temps de A. existent pour vous : l'un des nôtres, un romanesque. Nous n'étions pas faits, semble-t-il, pour la quiétude. Nous étions voués en revanche à l'ironie, qui est la petite sagesse des destins inachevés. Si je n'y ai guère sacrifié, c'est que je n'en ai pas eu le cœur : qu'on m'en pardonne. Nous n'avons même pas défriché un minuscule royaume à Bornéo. Ou bien, écrire un livre serait comme construire un fort sur un fleuve sauvage ? Il se peut, après tout. Mais pour abriter, pour protéger quoi, désormais ? Allons…

Je sors dans la nuit. Les brisants dessinent une frange phosphorescente. Etincelantes aussi sont dans l'obscurité les dents sans lèvres de Tête-de-Lèpre occupé à chier sous un arbre, devant ma maison. Le revolver pend sur sa fesse nue. Sur le rivage, on discerne vaguement des silhouettes assemblées autour du rougeoiement d'un feu de détritus. Burning bright in the forests of the night. Le phare fait glisser ses éclats sur une mer immobile et noire comme de la poix. Comment, par quel miracle ce machin tourne-t-il encore, je ne sais. Des chauves-souris font en volant un bruit de soie. La brise tiède qui se lève apporte l'écho étouffé de lointaines vociférations. Il est difficile de dire à quel registre elles se rattachent : douleur, joie, fureur, exaltation ? Nos visages sont rongés par l'ombre. Les étoiles du tropique semblent toutes proches, les nébuleuses courbent leurs grandes fleurs vers nous, il y a là des clochettes de muguet, des grappes de lilas, du chèvrefeuille embaumé. Et les corps blancs des amoureuses. Tout cela, les dents d'un assassin, le brasier d'ordures, le pinceau du phare, la mer qui illumine le récif, les îles de feu dérivant dans l'immensité, n'est qu'affaire de proportions. Absurdement, les paroles de vieilles chansons de mon enfance tournent dans ma tête. Nous n'irons plus au bois, les lauriers sont coupés. Et puis encore : Il y a longtemps que je t'aime, jamais je ne t'oublierai. Je ne me souviens plus de ce qui précède, ni de ce qui suit. Je ne me souviendrai plus jamais de rien.

IMPRIMERIE BRODARD ET TAUPIN À LA FLÈCHE
DÉPÔT LÉGAL JANVIER 1996. N° 28132 (1020N-5)